Profetas do Fogo

Profeta Vinícius Iracet

Dedicatória

A Jesus Cristo, verbo vivo, a quem amo de todo meu coração. A quem estou profundamente agradecido pelo seu grande amor, e por não ter desistido nunca de mim. A minha amável esposa Ariane, pelo seu apoio incondicional e meus filhos Lucas e Talita.

Sumário

Por que escrevi esse livro?

1 - Deus fala. Você ouve?

2 - O despertar do Potencial

3 - Níveis de Revelação

4 – Sonhos e visões

5 - Ouvir a voz de Deus

6 - O que significa o Espírito de Profecia?

7 – A importância e o poder da Profecia

8 - O dom profético na Igreja

9- Quem é o Profeta?

10- Palavras de Sabedoria para Profetas

11 -   Começando a profetizar

Epílogo

Por que escrevi esse livro?

Que Deus abençoe a cada pessoa que estiver com este livro em suas mãos. Profetizo, em nome de Jesus, que sua vida mudará completamente ao receber estas revelações do Espírito.

Recebi uma Palavra antes de começar este livro. O Espírito Santo me disse: *Você vai escrever muitos livros e estes chegarão às mãos de meus escolhidos para os destravar, e à medida que estiverem a ler, uma unção de rompimento virá sobre eles, os levando ao cumprimento do seu destino.*

Demorei a entender que Deus trabalha com cenários e desenhos especiais na nossa própria vida, para então derramar da sua Glória e liberar das suas riquezas sobre outros. Vivi muitos anos travado em muitas áreas da minha vida. Reconheço que me acostumei e entrei numa rotina muito perigosa para o crescimento espiritual.

Vivia no vício de querer agradar a todos, sempre agradando a gregos e troianos. Percebi que estava vivendo a vida que as pessoas queriam que eu vivesse.

É muito sorrateiro e ardiloso o espírito religioso, o objetivo dele é nos amoldar a um padrão médio de relacionamento e poder de Deus. Cometi o erro de suprimir os dons e talentos de Deus na minha vida para agradar o meio cristão. Mas os dons que Ele me deu sempre estiveram ali na Bíblia, gritando para mim.

Eu pensava que precisava ser como os outros pastores e deveria me dedicar ao máximo a pregar bem e, durante meu ministério, imitei a muitos pastores. **Mas a cópia nunca irá ser o original**. Meu ministério nunca avançou na medida e magnitude que o Senhor havia me prometido, em visões e revelações.

Até que, cansado de andar à sombra de outros e de estar desanimado com meu pouco crescimento, tomei uma decisão que mudaria para sempre minha vida. Decidi ser mentoreado pelo Espírito Santo e liberar meus dons e talentos, independentemente do que os homens iriam achar.

Entendi que eu precisava ser desentulhado e apenas o original deveria permanecer. Confesso que foi um processo um tanto dolorido, mas para que o potencial fosse liberado eu precisava morrer para todo falso padrão que existia em mim.

Precisamos aceitar a opinião de Deus a nosso respeito. Não tente ser outra pessoa.

Lembre-se: o Espírito Santo o ajudará a ser tudo o que você pode ser, tudo o que lhe foi originalmente desenhado a ser, mas Ele nunca permitirá que seja bem-sucedido ao se tornar outra pessoa.

Sou um Pastor, mas você pode me chamar também de Profeta ou a Voz. Estou pronto para ser tudo que Deus me chamou para ser.

1 - Deus fala. Você ouve?

Quando eu era pequeno, Deus já falava comigo. Muitas vezes eu ia ao banheiro e Deus falava lá. Parecia a voz da minha consciência, mas muitas vezes, aquela voz me exortava de que eu estava fazendo algo que não era certo, ou que havia falado algo errado. Aconselhava-me e me mostrava que eu não podia ter tomado determinada atitude. E assim fui crescendo, pensando que era a voz da minha consciência.

Hoje eu sei que era a voz de Deus que já falava comigo. E da mesma maneira que fala comigo, Ele fala com todos os homens. Deus fala de muitas maneiras. Deus fala através de visões, de sonhos, usa a própria consciência do homem e fala de forma audível. Eu acredito que a voz que falava comigo era uma voz muito mais forte, muito mais alta do que uma voz interior ou a voz da consciência. Era a própria voz de Deus.

Quando eu me converti aconteceu algo interessante comigo. Eu ouvi a voz de Deus me chamando para ir ao altar, me atraindo, me levando para frente. Eu fui à igreja como um visitante, eu não era evangélico, nem de uma família cristã. Mesmo assim, fui atraído para frente do altar para entregar a minha vida para Jesus. O intrigante é que naquele dia eu não entendi a palavra que foi pregada. Achei os louvores bonitos, mas não entendia o que o pregador dizia. Ainda assim, Deus me atraiu ao Altar.

Na hora que aquele pregador, que sequer era pastor, perguntou quem queria aceitar Jesus eu já estava com o rosto banhado em lágrimas, querendo aceitá-lo. E mal sabia eu que naquele dia a porta do *Reino de Deus* tinha sido aberta para mim, através de Jesus. Hoje eu compreendo que ***Jesus é a porta*** do Reino de Deus. Nenhum homem pode desfrutar deste Reino, que é Paz, Justiça e Alegria no Espírito Santo, se não for por Jesus.

Porquanto o Reino de Deus não é comida nem bebida, mas justiça, paz e alegria no Espírito Santo;

Romanos 14.17 (Bíblia KJA)

Jesus é a porta. É Ele quem dá acesso ao Reino de Deus. E o Rei está falando a todo o momento. Naquele dia, mesmo não sabendo identificar a voz do Rei, o meu interior, o meu espírito, compreendeu e foi atraído até Deus.

A partir do momento em que o ser humano conseguir identificar a voz que fala com ele, que é mais forte do que a voz dos desejos carnais, mais forte do que a sua carne, ele vai ter um grande encontro com Deus. Porque vai ter a direção de Deus, falando com ele através da palavra pregada, através dos sinais que Deus dá e das muitas maneiras que o Senhor fala conosco.

Quando terminou aquele culto, achei interessante que a minha mãe perguntou-me se eu havia gostado do culto. Eu disse para ela que sim, mas que eu não iria de novo.

Passados alguns dias, o filho do pastor foi à nossa casa e me convidou pessoalmente a ir ao culto e eu simplesmente disse para ele que iria. Hoje eu entendo, também, que a voz daquele rapaz, do filho do pastor, foi a voz de Deus me atraindo. E eu reconheci a voz, mesmo que inconscientemente. Acredito que essa sensibilidade de ouvir a voz de Deus é algo que nós precisamos buscar, para que sejamos atraídos para a boa, agradável e perfeita vontade de Deus:

E não vos amoldeis ao sistema deste mundo, mas sede transformados pela renovação das vossas mentes, para que experimenteis qual seja a boa, agradável e perfeita vontade de Deus.

Romanos 12:2 (Bíblia KJA)

Se nós aprendermos a ouvir e reconhecer essa voz, chegaremos muito perto daquilo que Deus tem preparado e falado a nós.

Eu continuei ouvindo a voz de Deus, não parou por aí. Sempre pensei muito antes de fazer alguma coisa, ainda mais quando se trata de uma decisão muito grande, muito importante. E o dia do meu batismo foi uma grande decisão para mim. Também sempre fui de levar as coisas muito a sério, fazer tudo com dedicação e sempre fazer tudo até o fim, nunca pela metade ou me entregar pela metade. Eu sempre quis me entregar por inteiro.

No dia do meu batismo, que foi um dia crucial para mim, era um dia de neblina e eu vi todos que estavam para se batizar à beira da praia de bata branca e eu as olhei a certa distância, aproximadamente 50 metros. Não tinha ninguém ao meu redor, mas eu pensava: *"Puxa, será que hoje é o dia de eu fazer essa aliança com Deus? Será que estou pronto a me entregar para Deus?".*

Nesse dia Deus não me obrigou a nada, Ele me deu total liberdade, como Ele dá para todos. Ele deu o livre arbítrio, mas senti mais uma vez aquela voz falando comigo, que me batizar seria a melhor decisão da minha vida. Então me decidi, e a um passo após o outro, fui até o lugar onde estavam as pessoas que esperavam pelo batismo. E foi maravilhoso. Mas não senti nada muito forte, apenas uma paz em meu coração.

Naquela noite fui ao culto, era de Ceia e fiquei feliz, mas sem muita consciência de que tinha sido selado pelo Espírito Santo através do Batismo nas águas. A partir de então comecei a me dedicar a meditar na Palavra e entender as coisas de Deus. Comecei a ouvir pregações, que me cativaram o coração, mas até então não era batizado no Espírito Santo e nem nada parecido com isso. Mesmo assim, me dediquei a ler a Bíblia e li toda ela em menos de três semanas.

Eu estava realmente muito apaixonado pela voz de Deus, comecei a fazer a Obra evangelizando com a juventude e muitas coisas começaram a acontecer. Teve um dia, em um culto em especial, em que realmente Deus me separou. Naquele culto tive uma grande consciência do pecado e de que eu precisava me separar de algumas coisas para agradar e servir a Deus. Então parei de andar com uma turma e comecei a me isolar em um canto da igreja para buscar a Deus e comecei a ir a todos os cultos. Não faltava. Ia aos cultos da sede, ia aos cultos das congregações. Não parava. E comecei **a amar a oração.**

Mas naquele dia, naquele culto em especial, algo despertou dentro de mim, pois ouvi algo diferente. Ouvi uma voz distinta dentro da igreja. O culto estava como muitos outros cultos, mas aí algo inesperado aconteceu. O pastor estava òrando e a igreja estava sentada nos bancos, todos orando, mas de repente houve um silêncio (sempre fui muito de me aperceber do que acontece ao redor), um silêncio bem incomum, porque o normal era terminar a oração e começar a pregação da palavra, como em toda a igreja.

Porém, naquele culto, aquele silêncio tomou conta da igreja e eu ouvi um irmão começar a orar em línguas e as línguas em que ele orou sobressaltaram a todo o som que havia no ambiente. É como se o único som fosse das línguas que aquele irmão falava. Ele era batizado no Espírito Santo e eu também queria ser. E eu percebi algo diferente naquela língua. Hoje eu sei que se tratava de uma língua profética.

De repente, além de falar naquela língua estranha, ele começou, ao mesmo tempo, a interpretá-la. Ele falava em línguas e interpretava, falava mais em línguas e voltava a interpretar. Eu fiquei muito impressionado com aquilo, porque era como se o pastor tivesse ficado anestesiado e toda a igreja também. Parecia que eu era um observador que simplesmente via tudo aquilo.

Foi algo tremendo, porque era realmente Deus falando com toda aquela igreja. Foi algo sobrenatural, que despertou algo em mim que não sei explicar. Não consigo explicar de forma humana, mas sei que foi Deus que me despertou para algo profético naquela noite, que até então não havia se manifestado.

A partir daí, comecei a buscar mais intensamente o batismo no Espírito Santo. Pensei que aquilo que acontecera ali era o batismo no Espírito Santo e busquei aquilo para mim. Mas culto após culto, vigília de noite inteira e ainda não recebera o batismo no Espírito Santo.

Então, teve um culto em que Deus me tocou de uma forma especial. O pastor perguntou quem tinha o desejo de ser batizado no Espírito Santo e eu fui à frente. E através das mãos de um presbítero recebi o tão almejado batismo no Espírito Santo. Foi tremendo. Pelo que lembro saíram entre duas ou três sílabas somente, quando orei pela primeira vez em línguas, mas senti o **fogo** de Deus em mim.

Às vezes as pessoas pensam que quando oram em línguas existe um descontrole emocional, mas não é assim, na verdade o que acontece é que nos emocionamos pelo fato de estarmos orando em línguas e elevamos o tom da voz.

Hoje eu entendo que para profetizar ou expulsar demônio não é necessário erguer a voz mais do que as outras pessoas. Você pode falar em um tom de voz normal, com uma linguagem normal com as pessoas, ao menos que você queira dar ênfase a algo. Eu não tinha noção disso naquela época e lembro que naquela ocasião eu orei muito, muito alto e saí daquele culto como se estivesse andando nas nuvens.

Eu morava a quase um quilômetro e fui caminhando e orando em línguas pelo caminho todo e quando cheguei em casa aconteceu algo muito cômico. Fui direto para o quarto, não quis jantar, desliguei a luz, dobrei os joelhos, coloquei um louvor e comecei a orar em línguas, bem alto. Pensava, como novo convertido, que ao orar em línguas eu precisava fazer isso em alto e bom som.

De repente, a luz do quarto se acendeu, meu pai entrou e começou a expulsar demônios de mim. Ele não sabia que eu tinha sido batizado no Espírito Santo. Então eu expliquei a ele o que tinha ocorrido. Ali começou algo novo em minha vida, no meu relacionamento com Deus. Depois do batismo no Espírito Santo, logo em seguida, uma fome de Deus foi despertada em mim, uma fome pelo sobrenatural:

Depois me disse: Filho do homem, come o que achares; come este rolo, e vai, fala à casa de Israel. Então abri a minha boca, e ele me deu a comer o rolo. E disse-me: Filho do homem, dá de comer ao teu ventre, e enche as tuas entranhas deste rolo que eu te dou. Então o comi, e era na minha boca doce como o mel. Disse-me ainda: Filho do homem, vai, entra na casa de Israel, e dize-lhe as minhas palavras.

Ezequiel 3:1-4 (Bíblia KJA)

Uma profecia mexe na história

Foi o que aconteceu comigo. Eu não tinha nenhum projeto pessoal de servir a Deus, mas aí aquela irmãzinha do coque (você entende, né?), atravessou as fileiras de bancos, me *gravateou*, começou a falar coisas profundas comigo e disse: *Filho, eu vou te levar para muitos lugares.*

Até então eu não pensava nem em pregar no quintal de casa, e hoje pessoas do mundo inteiro me procuram perguntando se podemos levar a **Escola de Profetas** para a sua cidade ou seu país. Ou seja, **a maneira como uma profecia muda a nossa história, muda os nossos projetos pessoais, nossos planos, é algo muito poderoso.**

Particularmente, na minha vida foi impressionante e ao mesmo tempo surpreendente como começaram a fluir os dons e o ministério. As impressões começaram a vir como relâmpagos em minha mente, como se fossem lembranças muito próximas, de fatos a respeito daquelas pessoas em que impunha as mãos para orar.

Quando comecei no ministério Profético recebia as revelações impondo as mãos sobre pessoas, se não impusesse as mãos não recebia a revelação. E isso aconteceu pela primeira vez quando eu impus as mãos sobre um casal. Deus começou a me mostrar o que eles estavam passando. Só que eu falei tudo, tudo o que eles estavam vivendo. A ponto de um olhar para o outro e praticamente ficarem brigando na minha frente.

É fato que naquele momento obtive muitas revelações e direções sobre a vida deles, mas falei demais. Confesso que falei coisas desnecessárias, que se fosse hoje falaria as mesmas coisas, mas de forma diferente. *Sabedoria é a chave para um ministério profético de sucesso.*

Ora, se algum de vós tem falta de sabedoria, peça-a a Deus, que a todos dá liberalmente e não censura, e ser-lhe-á dada.
Tiago 1:5 (Bíblia KJA)

A partir daquele episódio, pela minha falta de sabedoria, por não ter tido um mentor na área profética, acabei enterrando esse potencial. E nesse caminhar vi que quem tinha mais resistência ao profético não eram as pessoas, mas os líderes da igreja, que olhavam para os profetas "torcido", ou seja, se mostravam incomodados.

Foi então que decidi me preparar na Palavra, porque notei que para ser aceito eu precisava pregar bem. E assim, esporadicamente eu entregava uma ou outra palavra. Mas chegou um dia em que Deus me cobrou. Ele disse assim: *Eu não quero que você seja convencional, eu quero que você faça o que eu estou te mandando.*

Nesse momento resolvi obedecer e parei de agradar aos homens para começar a agradar a Deus. Mas imaginava que quando esse ministério profético começasse a fluir muitas pessoas diriam que isso era do diabo. Pensei que muitos líderes me rejeitariam.

O surpreendente de Deus tem sido que Ele tem aproximado milhares de pessoas, e, dentre elas, centenas e centenas de pessoas não cristãs. Interessante que isso aconteceu com o próprio Jesus, pois em grande parte não foram os religiosos, os líderes, que aceitaram a mensagem Dele, mas sim as pessoas simples.

I - Como detectar o chamado?

Você quer saber qual é o seu chamado? Seu chamado está naquilo que flui na sua vida, pois é ali que tem um rio cruzando por você. Cuidado! Você pode estar represando o rio de Deus na sua vida. E isso acontece porque você está olhando para outras coisas, se distraindo, às vezes até mesmo de olho em outros ministérios.

Eu mesmo já tentei represar o meu chamado. Hoje eu entrego palavras para as pessoas todos os dias, mas já fiquei meses sem entregar sequer uma palavra, para ninguém. Por que Deus não me dava? Até me dava, mas eu preferia que Ele me usasse na pregação. Preferia agradar as pessoas que estavam ao meu redor e não escandalizar as que vinham de uma igreja tradicional para visitar a nossa igreja.

Até que o Espírito Santo me disse: *Você não vê que eu lhe chamei para ser uma voz?* Deus disse para mim: *Você é uma voz.* E uma voz é para falar, clamar, é para liberar... e não pude mais correr do meu chamado, do mover profético, pois fui marcado.

Fui acordado três vezes em sonhos com a palavra de Isaías:

Há uma voz que clama: "Em meio à terra desértica preparai o caminho para Yahweh; na estepe, aplanai uma vereda para o nosso Deus!
Isaías 40:3 (Bíblia KJA)

Deus me disse: *Você faz parte de uma geração que vai andar na unção de Elias para preparar o caminho para a vinda.* Igual a mim sei que tem muitas pessoas, e, talvez, você que está lendo esse livro seja uma delas. Mas eu demorei anos para entender que o principal chamado de Deus para mim era o ministério profético.

Descobri o meu chamado, porque ele começou a fluir na minha vida ao natural. As pessoas começaram a me procurar e dizer: *Pastor, ora por mim, eu tive um sonho tão ruim.* E eu perguntava que sonho a pessoa tinha tido e quando a pessoa contava, no momento que ela ia contando, Deus me revelava tudo.

Você precisa ser treinado e destravado naquilo que necessita para que esse rio flua, para descobrir o *veio* que Deus plantou em você, pois às vezes ficamos bitolados em algo que não é o verdadeiro chamado de Deus para nós. Para descobri-lo, precisamos identificar o que sobressalta, buscando no Espírito Santo e aprendendo com um e com outro a como entregar-se ao nosso chamado.

Acredito que isso seja um processo. Que no decorrer da nossa caminhada com Deus, vamos descobrindo para o que Ele nos chamou, aprendendo a nos mover nos ministérios e dons que Deus tem para nós. Essa é a coisa mais importante na nossa vida: **Entender o nosso chamado, para que não percamos o nosso tempo.**

Alguns aprendem tudo direto com o Espírito Santo, como Elias, mas outros são mentoreados como Eliseu, que fez o dobro de milagres que Elias. Não cabe a nós a escolha de aprender direto com Ele ou aprender através de um homem ou mulher de Deus. Deus é soberano e separa alguém para ensinar e este para ensinar a outros.

Eu acabei aprendendo muitas coisas com o Espírito Santo. Ele me ensinou muito, e me ensinou até onde eu podia ir. Ensinou-me a como entregar uma palavra da maneira certa. Aprendi que um profeta precisa saber COMO entregar uma palavra e como interceder por alguém com a revelação recebida do Senhor. O Espírito Santo foi me aperfeiçoando, lapidando e preparando para o destino.

Lição importante que o Espírito Santo me ensinou:

O Espírito Santo me ensinou que Dias Proféticos são dias de decisões e que a profecia é a prova do amor de Deus. Quando pensamos em profecia, relacionamos isso com uma palavra que nos fala sobre o futuro, mas ela trata de conhecermos a vontade de Deus AGORA!

2 - O despertar do Potencial

Jesus lhes respondeu: Chegou a hora em que o Filho do homem será glorificado. Em verdade, em verdade vos asseguro que se o grão de trigo não cair na terra e não morrer, permanecerá ele só; mas se morrer produzirá muito fruto.
João 12:23-24 (Bíblia KJA)

Jesus fala sobre o grão e da sua necessidade de vingar na terra: a partir do momento em que o grão morrer, ele dará muitos frutos. **Se nós não morrermos para nossa vontade própria, não permitiremos que o potencial de Deus dentro de nós venha a germinar, crescer e florescer e depois frutificar e nós não cumpriremos os nossos destinos aqui na Terra**.

Muitos não estão dispostos a se despojar da sua própria vontade, seu próprio eu. Não querem se esvaziar de suas convicções, opiniões e vontades, não permitindo que Ele cresça e conduza verdadeiramente a sua existência. Não querem diminuir como diz João Batista:

É necessário que Ele cresça e que eu diminua.
João 3.30 (Bíblia KJA)

Muito menos querem deixar de viver suas próprias vidas, para que Cristo viva neles, como diz Paulo aos Gálatas:

Fui crucificado juntamente com Cristo. E, desse modo, já não sou eu quem vive, mas Cristo vive em mim. E essa nova vida que agora vivo no corpo, vivo-a exclusivamente pela fé no Filho de Deus, que me amou e se sacrificou por mim.
Gálatas 2:20 (Bíblia KJA)

Em função disso, porque não há uma entrega total ao chamado, muitos chamados não se realizam. **É necessário um esvaziamento, por completo, de tudo o que somos, para que sejamos totalmente tomados pelo Espírito Santo.**

Jesus, ele mesmo, foi o grão de trigo que morreu e deu vida a milhões e milhões, incluindo eu e você. Isso nos fala sobre o princípio do potencial, se referindo à sua própria vida: Ele a comparou ao grão de trigo que cai na terra e morre. Um grão de trigo, quando plantado, gera muito mais grãos.

Se por exemplo, temos em mãos uma ou duas sementes de abóbora, isso é um **FATO**, mas isso não se constitui na **VERDADE**. A verdade é que o que temos em nossas mãos é uma lavoura, **porque o potencial que essas sementes carregam é dar centenas ou milhares de outras abóboras.**

Se você permitir que esse rio de Deus, que está dentro de você, cresça, venha para fora, entre em evidência, verá e viverá tudo aquilo que Deus tem preparado para a sua vida. Aprendi que o potencial não planeja aposentadoria. Se nós temos um potencial, nós temos que dar frutos, porque tudo que Deus cria, ele cria com um propósito.

Quando vamos a uma escola ou um evento como, por exemplo, a *Escola de Profetas*, não é por acaso ou sem propósito. O Senhor nos atrai, nos leva a participar, para nos ativar. Quando o apóstolo Paulo escreve a Timóteo há um chamamento para que ele desperte ao dom que lhe foi dado.

Por esse motivo, uma vez mais quero encorajar-te que reavives o dom de Deus que habita em ti mediante a imposição das minhas mãos.

II Timóteo 1:6 (Bíblia KJA)

O FATO é que a Igreja sabe o que Deus **deu** a ela, mas a VERDADE é que muitas pessoas desconhecem o que Ele **plantou** dentro delas. E esse potencial, incluindo os talentos e os dons que Deus dá, geralmente é enterrado. Muitas vezes o que ocorre é que toda graça que Deus investiu na vida de uma pessoa, a partir do momento em que ela foi barrada, ou não foi compreendida, acaba sendo abandonada.

Despertar!!!

Há pessoas que estão desativadas, desligadas, porque pegaram aquilo que Deus deu a elas e simplesmente guardaram dentro delas. Muitas pessoas têm dons, receberam algo de Deus. Tem visão aberta, tem sonhos proféticos, tem revelações, mas escondem, porque no momento em que compartilharam foram incompreendidas e julgadas, por verdadeiros assassinos do ministério profético. Infelizmente, existem muitos desses assassinos nos nossos dias.

O nosso principal problema é não pensar como Deus pensa. Porque se nós pensarmos como Deus pensa, nós vamos ver o potencial dentro de nós, que precisa ser colocado para fora, para além das limitações.

Talvez o diabo tenha dito que você não tem chamado. Talvez você tenha pregado uma vez e passou muita vergonha, porque não pregou bem; talvez tenham lhe dado uma oportunidade e aquele foi o pior momento da sua vida... e você se retraiu, preferiu abafar aquilo que Deus lhe deu.

Mas por que o ministério profético não é compreendido nos dias de hoje? Porque muitas pessoas que carregam esse dom usam-no de forma errada. A razão pela qual a igreja rejeitou a profecia é por que não houve responsabilidade, não há prática e faltam bons modelos. Isso ocorre porque, geralmente, as pessoas que possuíam ou possuem dom profético não tiveram um mentor para ensiná-las a usar aquilo que o Senhor confiou em suas mãos.

Elias foi um profeta que aprendeu direto com Deus, as coisas que ele aprendeu foi Deus que o ensinou, mas Eliseu foi mentoreado por

Elias e operou o dobro de milagres. Alguns aprendem direto com o Espírito Santo, outros são mentoreados.

Isso me cativa profundamente... O Espírito Santo tem falado comigo: *"Eu quero que você desperte nas pessoas aquilo que eu já coloquei nelas"*.

Tem muita gente com dom de Deus, com chamado pastoral, com chamado profético, e tudo o que faz é estar atrás de uma mesa, tudo o que faz é ficar quietinho no banco de uma igreja, ou, ainda, exercendo um ministério limitado. Mas o que Deus preparou para elas e muito maior, e elas sabem disso.

Existe um DESENHO de Deus para todas as coisas, e no profético Deus desenhou um futuro para cada um, e para que venhamos a desfrutar desse futuro, desse potencial que Deus colocou em nós, isso tem que ser despertado.

Todo despertamento traz avivamento. Timóteo possivelmente não estava vivendo um avivamento. Então o apostólico, através de Paulo, despertou em Timóteo o chamamento dele, mais uma vez: *"Desperta o dom que há em ti, Timóteo. Lembra que te foi dado"*, óu seja, ele havia recebido, mas ele enterrou.

Por que Jesus contou a parábola das minas? Dos homens que enterraram seus dons? Por que Jesus falou tanto sobre enterrar talentos? Porque ele sabia que isso ia acontecer com seus filhos.

O ministério profético não se encaixa em grande parte do sistema cristão em que estamos inseridos. Devemos, por isso, nos calar? Não, nós devemos exercitar o nosso chamado. Mas com sabedoria e graça. **Precisamos ser treinados para sermos pessoas que sabem ministrar no profético, sem sermos inconvenientes ou desrespeitosos.**

O ministério profético, nos próximos anos, vai ser espalhado para a nação e fora da nação. E o objetivo de Deus é muito claro com isso: ajudar a igreja, para impedir que ela siga em uma direção em que não encontre mais o caminho de volta, como aconteceu em muitos lugares, como aconteceu na Europa e nos Estados Unidos.

Deus está levantando o ministério profético e se você está lendo esse livro é porque Ele está despertando em *você* esse chamado. Deus está levantando uma geração carregada do poder Dele para liberar sobre as cidades, estados e países. Tudo isso porque Ele ama a sua igreja.

Acredite, Deus está levantando um exército de profetas nos nossos dias no Brasil. Homens e mulheres carregados de uma revelação do Senhor, que se moverão no profético, e você pode fazer parte dele. Nós vamos exportar avivamento para as nações.

É tempo de um despertar para os dons espirituais! Que nos movamos em tão grande graça que nem mesmo religiosos nos possam resistir... Até eles crerão naquilo que Deus colocou nas nossas vidas!

Lição importante que o Espírito Santo me ensinou:

Antes de fazer algo para Deus, trate de conhecê-lo. Ter êxito é estar no centro da vontade de Deus, por isso, não busque ter sucesso. Busque apenas ser uma pessoa de valor.

3 - Níveis de Revelação

E temos ainda mais firme a palavra profética à qual bem fazeis em estar atentos, como a uma candeia que alumia em lugar escuro, até que o dia amanheça e a estrela da alva surja em vossos corações;

II Pedro 1:19 (Bíblia KJA)

O apóstolo Pedro nos ensina sobre a revelação crescente na vida de quem atua no ministério Profético. Níveis são alcançados à medida que se começa a ministrar nos dons espirituais. Todos começam em níveis bem rasos de revelação, até chegar a níveis altos. Quando falo de níveis altos, é quando um profeta é usado em profecias e revelações a níveis de cidade, estado, nações e continentes. Quanto maior a abrangência de uma profecia, maior o nível de revelação que é necessário e mais responsabilidade fica sob os ombros dele.

Fui surpreendido por uma menina de menos de 10 anos que teve uma revelação de Deus de algo que aconteceu aqui no Brasil, a conhecida *Tragédia de Brumadinho*. A pergunta é: Esta revelação dada em sonho significa que a menininha possui um dom de Deus? A resposta é não. Existem revelações que vem por meio do **dom** e revelações que vem por meio de **sonhos e visões**.

Então, depois desses eventos, derramarei do meu *Ruwach*, Espírito, sobre todos os povos! Os seus filhos e as suas filhas profetizarão, os idosos terão sonhos, os jovens ganharão visões! Inclusive sobre os escravos e serviçais da época, derramarei do meu Espírito naqueles dias.
Joel 2: 28-29 (Bíblia KJA)

Ninguém sabe a hora ou o dia que o Senhor elevará o nível de revelação em nós. Por isso não podemos desanimar na nossa busca e entrega ao Espírito Santo todos os dias.

Enquanto ministramos no dom profético, a carga de revelação está em aumento contínuo. *A única coisa que bloqueia o crescimento é a desobediência a Deus e aos seus princípios*. Há níveis de unção no profético, como há também nos outros quatro ministérios:

Depois disso me fez voltar à entrada do templo; e eis que saíam umas águas por debaixo do limiar do templo, para o oriente; pois a frente do templo dava para o oriente; e as águas desciam pelo lado meridional do templo ao sul do altar. Então me levou para fora pelo caminho da porta do norte, e me fez dar uma volta pelo caminho de fora até a porta exterior, pelo caminho da porta oriental; e eis que corriam umas águas pelo lado meridional. Saindo o homem para o oriente, tendo na mão um cordel de medir, mediu mil côvados, e me fez passar pelas águas, águas que me davam pelos artelhos. De novo mediu mil, e me fez passar pelas águas, águas que me davam pelos joelhos; outra vez mediu mil, e me fez passar pelas águas, águas que me davam pelos lombos. Ainda mediu mais mil, e era um rio, que eu não podia atravessar; pois as águas tinham crescido, águas para nelas nadar, um rio pelo qual não se podia passar a vau.
Ezequiel 47:1-5 (Bíblia KJA)

O dia da ligação telefônica

Parecia um dia como qualquer outro, mas na agenda de Deus era o dia marcado para um nível novo de revelação no meu ministério. Meu pai estava conversando com alguém no telefone e eu estava distraído fazendo minhas coisas. Ele se despede com *a paz*, encerrando a ligação. Ao desligar o telefone, recebo a revelação de Deus que deveria retornar a ligação àquela pessoa com quem meu pai havia falado. Perguntei a ele com quem ele estava falando e ele me respondeu que era um empresário da *Adhonep* (Associação de Negócios do Evangelho Pleno). Eu disse a ele que Deus havia falado comigo para falar com ele. Meu pai me passou o contato, eu liguei e pedi permissão para orar. Falei da inspiração que recebi para isso. Dado o *permisso,* comecei a intercessão.

Um detalhe importante é que até o momento de orar não tinha ainda a palavra para entregar, mas precisava obedecer. No momento que começamos a orar, todo um desenho de Deus começou a vir ao meu coração em relação à vida daquele empresário, seu chamado e tudo que ele estava vivendo naquele momento. E Deus me deu também uma palavra diretiva para vida daquele homem.

Escute bem isso: **A igreja precisa dar respostas às pessoas, um profeta não deve apenas revelar, mas também direcionar, liberando as estratégias do espírito para aquela vida ou ambiente que ela se encontra.**

Hoje este empresário é um pastor, e como recebeu a direção na hora certa, fez um negócio grande, que rende lucros até hoje para si e sua família.

Outro dia recebi o convite para ir a um programa de rádio e ministrar alguns minutos. Enquanto orava tive uma visão, de como se fosse um filme passado em frente aos meus olhos, bem colorido, com cores vibrantes, que me tomou a atenção. Então o Espírito Santo me disse: *"Esta visão que você recebeu é de alguém que está ao vivo, precisando de uma palavra minha. Fale."*

Então declarei o que via na visão: O casal sentado tomando chimarrão, a cor do sofá, o cabelo da mulher, e a cor do fogão que não era comum (fogão vermelho) e o que havia sido pedra de tropeço para ela. Quando acabei o programa, o telefone tocou no estúdio e o homem chamou-me assustado: pastor a mulher do fogão vermelho!!! Exclamou ele. A mulher estava chorosa, testificando tudo que eu havia falado.

Tudo que Deus nos dá é com propósito de servir e abençoar pessoas. ***Descobri que o fundamento da maioria dos ministérios proféticos é ter um relacionamento pessoal com o Senhor e interceder por outras pessoas.***

Lição importante que o Espírito Santo me ensinou:

O ES me ensinou que as pessoas fazem suas críticas em nome de uma suposta defesa da fé. Mal sabem elas que podem estar caídas e sendo usadas pelo Maligno. Jesus já é o Advogado, Ele não precisa de um substituto.

4 – Sonhos e visões

Você pode pensar que interpretação de sonhos não procede de Deus, que isso não é bíblico, mas você sabe o que a Bíblia diz sobre a interpretação de sonhos?

Então, depois desses eventos, derramarei do meu *Ruwach*, Espírito, sobre todos os povos! Os seus filhos e as suas filhas profetizarão, os idosos terão sonhos, os jovens ganharão visões! Inclusive sobre os escravos e serviçais da época, derramarei do meu Espírito naqueles dias.

Joel 2: 28-29 (Bíblia KJA)

Se Deus deu sonhos e visões, como prometeu em Joel 2, para que Deus os daria, se não fosse para o homem interpretá-los? Será que Ele nos daria sonhos somente para sonharmos? **Ele dá sonhos para o homem interpretar.** Aleluia! Deus fala conosco através de sonhos e visões, mas Ele é um Deus de mistérios, Ele precisa ser estudado. Não de forma científica, pois se nós acreditarmos naquilo que os homens nos falam seremos incrédulos, céticos e solitários, mas a **Bíblia é um livro de registros espirituais**.

Muitas pessoas relatam os sonhos que tem. Sonhos com homens de preto, com chapéus pretos, com mulher velha fumando, homem com charuto na mão e talvez você pense que isso é um delírio, uma alucinação ou até mesmo um alucinógeno, efeito de uma droga ou bebida.

Concordo que bebida, droga e determinados medicamentos causam alucinação; existem sim, pessoas que tem problemas, delírios psicológicos, mas há também coisas espirituais. Há pessoas que veem coisas espirituais, que não são fruto meramente da sua imaginação.

Isto é, alguns podem ter problemas mentais ou de outra ordem e ver coisas que não existem, mas também acredito que muitas pessoas que estão internadas em manicômios e hospitais psiquiátricos ouvem e veem coisas espirituais.

Existem visões malignas, em que o diabo tenta passar informações para as pessoas acreditarem, perturbações, medos... confusão. Essas visões são bem frequentes entre pessoas que são mais sensíveis espiritualmente, pois, sim, há pessoas que tem uma sensibilidade espiritual maior do que as outras. Mas, a verdade é que todas as pessoas, em menor ou maior grau, possuem sensibilidade ao mundo espiritual.

Algumas pessoas entram em determinados lugares e já se arrepiam, sentindo o que outros não sentem, ouvindo e vendo coisas que para outros passa despercebido, tem uma sensibilidade espiritual impressionante. Algumas delas têm sonhos e esses sonhos são certeiros. Sonham, tem pressentimento que alguém vai morrer e essa pessoa, dias depois, acaba morrendo.

Já ouvi milhares de testemunhos de pessoas que acordaram no meio da noite angustiadas, agoniadas, com terríveis pressentimentos e, naquele exato momento, alguém da sua família estava morrendo. Já colhi inúmeros testemunhos de coisas anormais, vindas do diabo e também de coisas sobrenaturais, vindas de Deus.

Não digo que todos os sonhos são avisos de Deus, pois existem pessoas que sonham todas as noites e esses são "sonhos de abóbora", aqueles que sonhamos porque comemos demais antes de dormir ou porque estamos ansiosos por algum motivo. Esses sonhos não têm "pé nem cabeça", não têm nexo, não são de Deus.

Quero me ater aqui, entretanto, nos sonhos e visões que Deus dá e abre para nós. Sonhos que ficam marcados em nós como lições. O grande problema é que muitas vezes Deus nos dá sonhos, mas nós não os compreendemos. Ele nos dá avisos, visões e sonhos, mas muitas vezes nem percebemos.

Muito diferente disto. O que está ocorrendo foi predito pelo profeta Joel: 'Nos últimos dias, diz o Senhor, que derramarei do meu Espírito sobre todos os povos, os seus filhos e as suas filhas profetizarão, os jovens terão visões, os velhos terão sonhos. Sobre os meus servos e as minhas servas derramarei do meu Espírito naqueles dias, e eles profetizarão. Mostrarei maravilhas em cima, no céu, e sinais embaixo, na terra: sangue, fogo e nuvens de fumaça. O sol se tornará em trevas e a lua em sangue, antes que venha o grande e glorioso Dia do Senhor. E todo aquele que invocar o nome do Senhor será salvo!'.

Atos dos Apóstolos 2: 16-21(Bíblia KJA)

Eu creio que estamos nos últimos dias? A violência está aumentando a cada dia, a fome no mundo está desenfreada. Tem países que tem dinheiro, mas não tem comida. E o que a Bíblia diz sobre o final dos tempos? Que as pessoas teriam muito dinheiro, mas não teriam comida para comprar.

Creio, de todo o meu coração, que estamos vivendo os últimos momentos antes da vinda de Jesus, e os apóstolos já falavam disso há mais de dois mil. Mas eu não creio que Ele levará mais dois mil anos para vir. Creio que Ele está às portas como nunca esteve.

Quando o apóstolo Pedro pregou para uma multidão, cheio do Espírito Santo, ele falou que o que eles estavam vendo era parte do que Deus dirigiu o profeta Joel a falar, ou seja, **que o Espírito de Deus seria derramado sobre todos nos últimos dias**. Parte disso é o falar em línguas e parte disso são também os sonhos, visões e sinais no céu, na terra e debaixo da terra.

Portanto, sonhos e visões fazem parte do derramamento do Espírito Santo. Fazem parte do mover Dele sobre a igreja. A Bíblia diz que as crianças profetizariam, os jovens teriam visões, os velhos sonhariam. Isto está falando de sonhos e visões de Deus, que Deus daria a sua igreja, como parte do derramamento do Seu Espírito.

Uma igreja que não está cheia do Espírito não sonha os sonhos de Deus e não tem as visões que Deus gostaria de mostrar para ela. Mas se ela estiver buscando ao Espírito Santo, procurando se encher de Deus, Ele vai falar com ela, vai se dirigir a ela. Deus vai se manifestar a ela, Deus vai dar avisos. E fará isso principalmente com aquelas que estiverem obedecendo a Palavra.

Por isso, eu profetizo que nos próximos meses, Deus vai lhe dar sonhos e vai lhe dar visões. E nesses sonhos e visões, Ele vai falar com você e vai Se revelar a você também.

O interpretar dos sonhos, as visões e a igreja

A igreja até aceita que alguém profetize, mas não aceita, muitas vezes, que alguém interprete os sonhos, e não aceita que alguém tenha muitas visões. Mas o fato é que muitas pessoas tem visão aberta, e muitas delas não são nem cristãs. Muitos são empresários, comerciários. Gente que quando fecha os olhos, faz uma simples oração e parece que o mundo espiritual se descortina para ela. Isso é DOM DE DEUS, mesmo que alguém tenha dito que era coisa da sua cabeça, ou que ela tinha comido muito antes de dormir.

O que muitos ainda não sabem é que esse dom nos é dado por Deus **para servirmos a**

Cristo e que é Deus mesmo que nos promove e nos levanta. É Ele que sopra nosso nome às nações. Tudo é Ele que faz em nós e através de nós.

Diferenciando visão e sonho

Então disse *Yahweh*: "Ouvi, pois, as minhas palavras: Quando há entre vós profetas, Eu, o Eterno, me faço conhecer a eles por meio de visões, e falo com eles em sonhos.
Números 12.6 (Bíblia KJA)

a) VISÃO

Há muita confusão entre o que é visão e o que é sonho. Isso acontece porque tem sonho que parece visão e visão que parece sonho. E pode acontecer de você ter uma visão dentro de um sonho. Mas Deus quer nos ensinar a discernir, a diferenciar, um do outro.

Passados esses acontecimentos, o SENHOR falou a Abrão, por intermédio de uma visão: "Não temas, Abrão! Eu Sou o teu escudo; e grande será a tua recompensa!"

Gênesis 15:1 (Bíblia KJA)

Nesse versículo Deus SE revelou a Abrão como proteção, revelando a sua onipotência, onipresença, onisciência e toda a sua natureza grandiosa. Ele disse a Abrão: *Não temas, estou contigo. Eu sou o Senhor dos Exércitos. Quem está comigo não perde batalha, Abrão. Sou teu escudo, a tua fortaleza, seu socorro bem presente no dia da angústia.*

Deus se revelou a Abrão como escudo, como protetor, como poderoso, como invencível, porque toda a visão está relacionada à NATUREZA de Deus.

As visões e a natureza de Deus

Quando, na minha conversão, vi aquele manto na minha casa fiquei impactado e nunca esqueci a sua cor. Era tanta beleza, uma imagem de vida. Naquele momento, Deus mostrou a Glória Dele para mim. Eu vi naquele manto pureza, santidade, poder de Deus. Então a visão que eu tive foi da natureza de Deus. Tem pessoas que dizem: eu vi uma bola de fogo, eu vi isso, eu vi aquilo. Mas, na verdade, toda a visão de Deus está relacionada a Sua natureza.

Outro exemplo é a passagem que fala que Pedro estava no terraço quando teve a visão do lençol que parecia um vaso, onde havia animais impuros e a voz dizia: *Pedro mata e come*:

No dia seguinte, por volta do meio-dia, Pedro subiu ao terraço da casa para orar. Enquanto isso, os homens vinham pelo caminho e já estavam próximos de Jope. Então, sentindo muita fome, desejou comer; entretanto, enquanto a refeição estava sendo preparada, de repente sobreveio-lhe um estado de completo êxtase. Então, viu o céu aberto e algo parecido com um grande lençol que vinha descendo em direção à terra, amarrado pelas quatro pontas, contendo toda espécie de quadrúpedes, bem como de animais que rastejam sobre a terra e aves do céu. E, em seguida, uma voz lhe ordenou: "Levanta-te, Pedro! Sacrifica e come". Porém, Pedro replicou: "De maneira alguma, Senhor! Porquanto jamais comi

alguma coisa profana ou impura". Contudo, a voz insistiu pela segunda vez: "Não consideres impuro o que Deus purificou!" Este diálogo ocorreu por três vezes, e logo em seguida o lençol foi elevado novamente para o céu.

Atos dos Apóstolos 10: 9-16 (Bíblia KJA)

O que Deus estava mostrando para Pedro é que nenhum homem é impuro, que Ele ama a todos. E Deus queria que o Evangelho se estendesse a todos os homens, porque Ele é amor, Ele não age com parcialidade. Então, o que Deus estava mostrando para Pedro era a Sua NATUREZA.

Quando Isaías teve aquela visão dos anjos, ele bradou que era homem impuro, porque ele reconheceu naquela visão, conseguiu identificar, a natureza de Deus. Deus é Santo, Deus é Santo!

No ano em que faleceu o rei *Uziáhu*, Uzias, eu vi o Eterno sentado sobre um trono alto e exaltado. A aba do seu manto preenchia todo o templo. Em torno dele posicionavam-se serafins. Cada um deles tinha seis asas: com duas cobriam o rosto, com duas cobriam os pés e com duas voavam. E, ao mesmo tempo, clamavam uns aos outros: "Santo, santo, santo, é *Yahweh* dos Exércitos, eis que toda a terra está plena da glória do SENHOR!" Ao som das suas vozes os batentes das portas tremeram e o templo ficou repleto de fumaça. Então bradei eu: "Ai de mim, não tenho salvação! Porquanto sou um homem de lábios impuros e vivo no meio de um povo de lábios impuros; e os meus olhos contemplaram o Rei, o SENHOR dos Exércitos!"

Isaías 6: 1-5 (Bíblia KJA)

Lembre-se: Toda a visão está relacionada à natureza de Deus. Se ela não estiver relacionada a isso, podemos dizer que não foi uma visão, mas talvez uma revelação.

Quando eu tive a visão do nome da igreja (Igreja Evangélica Jesus para as Nações) eu vi um ginásio lotado de pessoas, milhares de pessoas. Mas o que isso tem da Natureza de Deus? Essa visão mostrou a Graça de Deus, que Deus iria derramar da Sua Graça e muitas pessoas seriam lavadas pelo sangue de Jesus, muitos seriam salvos e libertos. E essa visão continha também uma revelação, pois mostrou o futuro que Deus tinha para nós.

Uma visão pode ser tanto com os olhos abertos quanto fechados, não interfere. Mas você pode ter uma visão em sonho também.

b) SONHO

O sonho não diz respeito propriamente à natureza de Deus, mas ao plano de Deus e ao projeto Dele. Por isso, em todo o sonho Deus traz uma instrução. Sonhos são instruções, avisos para livramento, libertação e milagres. Acredito no que a Bíblia diz: que nós somos seres espirituais e que Deus se comunica de forma espiritual conosco.

Tenho experiências de sonhos e revelações que Deus tem me dado, que eu levaria muitas horas lhe contando. Uma vez Deus me deu um sonho com um irmão da igreja e seu funcionário. Eu liguei para ele e falei para ele que Deus tinha me dito que aquele rapaz não deveria trabalhar com ele, mas o irmão, na sua inocência quis preservar o funcionário, e pediu que eu o abençoasse. Ocorreu que esse funcionário bateu o caminhão do irmão e este teve um prejuízo de quase R$ 400.000,00. Deus avisou.

Deus avisa e às vezes nos leva a interceder, outras vezes nos leva a tomar atitudes radicais.

Certa noite, Deus veio a Abimeleque e lhe comunicou: "Vais morrer por causa da mulher que tomaste, porquanto ela é uma mulher casada!" Abimeleque que ainda não havia tocado em Sara, defendeu-se: "Mas Senhor, vais matar alguém inocente? Acaso não foi Abraão que me alegou: 'Ela é minha irmã!' e não foi ela pessoalmente quem confirmou 'ele é meu irmão'? Ora, foi com boa consciência e mãos limpas que fiz isso!" Então Deus lhe esclareceu: "Bem sei que fizeste isso de coração puro, e fui Eu quem te impediu de pecar contra mim, não permitindo que a tocasses. Agora, pois, devolve a mulher desse homem: ele é profeta e intercederá por ti, para que vivas. Mas se não a devolveres, sabe que certamente morrerás, com todos os teus!"

Gênesis 20: 3-7 (Bíblia KJA)

Preste atenção nisso, o rei Abimeleque tomou a esposa de Abrão para si, sem saber, porque Abrão, com medo daquela nação que não temia a Deus e por saber que sua mulher era muito bonita, achou por bem dizer que ela era sua irmã. O rei colocou-a junto com suas concubinas, não chegando a possuí-la, mas à noite o Senhor veio em sonho a Abimeleque e no sonho dialogava com ele, avisando-o de que tinha tomado uma mulher casada e mandou-o restituir a esposa ao esposo. Se Abimeleque não tivesse obedecido, ele teria morrido.

Por isso, você pode ser cético em relação aos sonhos, não acreditando no que estou falando, mas a Bíblia diz que Deus fala, ministra, através de sonhos. A Bíblia diz que Deus se revela através de sonhos, sim.

Em Gibeom, *Yahweh* apareceu em sonho a Salomão durante a noite. Deus disse: "Pede o que desejares e Eu te darei!" Ao que Salomão respondeu: "Tu demonstraste uma grande benevolência para com teu servo Davi, meu pai, porque ele caminhou diante de ti em fidelidade, justiça e retidão de coração para contigo; tu mantiveste prodigiosa misericórdia para com ele e lhe concedeste um filho que hoje se assenta no seu trono. Agora, pois, *Yahweh*, SENHOR meu Deus, constituíste rei a teu servo em lugar de meu pai Davi, mas eu não passo de um jovem, que não sabe liderar. Teu servo se encontra no meio do povo que tu mesmo

escolheste, uma população tão grande que nem se pode contar. Dá, portanto, a teu servo um coração sábio, que possa discernir entre o bem e o mal, a fim de que eu possa governar o teu povo com justiça e equidade, pois sem a sabedoria que vem de ti quem pode governar este teu grande povo?"

I Reis 3: 6-9 (Bíblia KJA)

Nessa passagem Salomão ainda não havia recebido sabedoria. E a recebeu como? Através de um sonho em que dialogou com o Senhor e Este lhe a concedeu. E depois de tomar a decisão certa, de pedir a coisa certa, ele foi abençoado. Se ele tivesse pedido ouro, exércitos, conquistas, ele poderia ter tido, mas ele não quis nada disso. Salomão pediu sabedoria para governar o povo, para discernir o certo do errado.

Existem sonhos que Deus nos dá, em que está falando conosco. E Deus me revelou que tem sonhos em que Ele está esperando a nossa atitude, decisões, como esperou a de Salomão. E através de suas escolhas você pode ser abençoado ou não. Isso é tremendo. Isso já aconteceu comigo, e talvez já tenha acontecido com você, de ter um sonho em que não consegue acordar e que, durante o sonho, toma decisões.

Ao pôr-do-sol, Abrão foi tomado de um sono profundo, e eis que vieram sobre ele trevas densas e assustadoras.

Gênesis 15:12 (Bíblia KJA)

Nesse versículo bíblico diz que quando o sol se pôs Abrão dormiu, e quando ele dormiu teve um sonho. E nesse sonho Deus falou para ele o que iria acontecer com a semente dele. Que sua descendência iria para outro lugar e passaria por um tempo de escravidão, mas que depois o Senhor iria libertá-los.

Todo sonho tem uma revelação, Deus se revela através de sonhos, para lhe falar dos Seus planos ao seu respeito, mas também para falar da intenção do diabo, para assim livrá-lo do laço de Satanás e lhe abençoar.

Antes Deus fala uma e duas vezes; porém ninguém atenta para isso. Em sonho ou em visão noturna, quando cai sono profundo sobre os homens, e adormecem na cama.
Jó 33: 14-15 (Bíblia ACF)

Nesses versos há um veio de revelação: **Deus fala uma e duas vezes**, fala de diversas formas, fala na Sua palavra, fala do culto, fala através de seus profetas, fala no banho ou enquanto estamos dirigindo. Deus fala conosco lá no nosso negócio, ou trabalhando, mas nós não ouvimos. Deus fala uma e duas e **ninguém atenta para isso**. E Sabe por que isso acontece? Porque estamos, muitas vezes, tão focados nas coisas dessa terra, nos nossos problemas, que nossa dificuldade acaba sendo OUVIR. Quando isso acontece, o que Deus faz? Em sonho ou em visão noturna, abre nossos ouvidos.

Isso significa que Deus pode se manifestar, intervindo no nosso sono, para nos instruir, para falar conosco. E faz dessa forma porque ele já tentou falar conosco de tantas e tantas maneiras e através de tantas pessoas e mesmo assim, nós não lhe demos ouvidos.

Muitas vezes Ele fala conosco, tentando nos livrar de algo. Por exemplo: um pastor, que morreu há alguns anos em uma queda de avião, foi avisado disso através de um sonho. Nesse sonho ele via muitas pessoas morrendo em um acidente, só que ele não teve, talvez, o discernimento de que aquilo era um livramento para ele e para outras pessoas. Deus trouxe o sonho para ele interpretar. Deus deu o sonho, Deus deu a revelação, mas esse pastor não conseguiu interpretá-lo. Deus é um Deus de mistérios.

Essa é a grande dificuldade que nós temos, de interpretar os sonhos, interpretar os sinais que Deus nos dá nesses sonhos e visões, de desvendar os mistérios de Deus. Deus pode ter falado com você essa semana e não ter se dado conta. Deus pode ter falado algo tremendo para você, anos atrás e isso foi descartado.

O que é de Deus?

Nós precisamos discernir os sonhos que são de Deus dos que não o são. Os sonhos de Deus, os que Ele dá, nós não esquecemos, eles são claros, acordamos e não conseguimos mais dormir. Deus nos chama, Ele fala conosco. Mas sonhos confusos, imprecisos, ou que não lembramos direito ao acordar não são de Deus. Deus não é Deus de confusão.

As pessoas procuram muito as interpretações para os seus sonhos na *Internet*, mas essas não são as interpretações de Deus. Alguns desses prognósticos vêm, até mesmo do inferno, e se forem aceitos por nós, podem vir a tornar-se realidade.

A intepretação que Deus dá para os sonhos está em uma única fonte: o Espírito Santo. Por isso, não podemos ter um caderninho de interpretações, nem escrevermos um livro sobre interpretação de sonhos. **Por que cada interpretação tem que ser segundo Deus e não segundo o nosso querer ou o nosso entendimento.** O que vai mandar é o que José dizia: As interpretações pertencem a Deus, Ele tem as interpretações corretas, exatas.

Como aconteceu com José, que ao interpretar sonhos, chegou a ser governador do Egito, nós, ao interpretar sonhos, seremos promovidos por Deus, Ele vai nos levar a lugares altos e nos livrar das ciladas do inimigo.

De tudo isso, você precisa compreender uma

prognóstico, de qualquer intenção do Maligno. A intercessão livra, protege, guarda, ela muda o rumo da história.

O ES me ensinou que antes de aceitar qualquer convite eu devo orar e pedir a AUTORIZAÇÃO de Deus. Eu perguntei para Deus, por quê? Até então pensava que todos os lugares onde me chamassem eu deveria ir. E aconteceu um episódio comigo. Eu tinha duas agendas que eu já tinha separado para ir, em dois lugares diferentes e, por A mais B, as agendas foram adiadas. E o Espírito Santo falou comigo que antes de eu ir a algum lugar eu devo perguntar se há PROPÓSITO da parte de Deus para eu ir naquele lugar. As pessoas hoje não consultam Deus e nesse novo tempo, nesses últimos dias Ele quer que os seus pastores, seus profetas se movam segundo Ele quer, com Propósito. Deus não quer perder tempo e não quer que nós percamos tempo.

5 - Ouvir a voz de Deus

Antes de tudo, sabei que nenhuma profecia da Escritura provém de interpretação pessoal, porquanto, jamais a profecia teve origem na vontade humana, mas homens santos falaram da parte de Deus, orientados pelo Espírito Santo.

II Pedro 1: 20-21 (Bíblia KJA)

Poder ouvir a voz de Deus não deve ser privilégio de poucos. Deve ser algo a que todos tenham acesso. Cada um de nós tem a capacidade de ouvir a Deus. Deus não está pedindo a um único homem para nos guiar, mas Ele está construindo a Sua igreja através do ministério quíntuplo, com profetas, evangelistas, pastores, mestres e apóstolos, e está nos edificando para sermos a versão mais forte da Igreja.

Deus é muito acessível. É maravilhoso receber as suas instruções, receber as direções de Dele e andar por elas. Além disso, isso é tão básico.

Dias atrás eu estava fazendo um programa em uma rede social e uma senhora me chamou insistentemente, dizendo que queria aceitar Jesus. Então eu fiz a oração de aceite a Jesus com ela. Logo após, ela disse que o maior desejo dela, ao aceitar Jesus, tudo o que queria, era ouvir a voz de Deus. Ela sentia necessidade de ouvir Deus falar, embora ela sequer frequentasse uma igreja. É essa a resposta que as pessoas esperam da Igreja: que Deus fala, cura e que não há **nada** como Ele.

Uma das coisas mais lindas que há é OUVIR a voz de Deus, é receber uma direção Dele. Isso nos ativa, nos leva a outro nível. E esse nível, a que Deus nos leva, é para nos abençoar.

Hoje as pessoas tem muita dificuldade de ouvir a Deus, de entender o que Ele fala, mas a verdade é que o Senhor está sempre falando conosco, através de muitas coisas e através de muitas pessoas. E o homem, por não ouvir a Deus, acaba por perder muitas bênçãos na sua caminhada, na sua vida.

Como ouvir a voz de Deus?

As pessoas tem uma tremenda dificuldade em ouvir a Deus, mas se elas APRENDEREM a ouvir a voz Dele, elas não só vão receber a Sua direção, como também Ele vai falar com elas quando o diabo vier as tentar. Ou seja, toda a vez que o diabo tentá-las a voz de Deus, com a qual elas já estarão familiarizadas, acostumadas a ouvir, falará com elas para que se mantenham em santidade, para que elas não caiam no laço de Satanás.

É por isso que nós precisamos apender a ouvir a voz de Deus, porque assim, o Espírito Santo agirá em nosso favor:

Mas o Advogado, o Espírito Santo, a quem o Pai enviará em meu Nome, esse vos ensinará todas as verdades e vos fará lembrar tudo o que Eu vos disse.
João 14:26 (Bíblia KJA)

Se você tem dificuldades de ouvir a Deus, lembre-se:

Toda a Escritura é inspirada por Deus e proveitosa para ministrar a Verdade, para repreender o mal, para corrigir os erros e para ensinar a maneira certa de viver; a fim de que todo homem tenha capacidade e pleno preparo para realizar todas as boas ações.

II Timóteo 3:16-17 (Bíblia KJA)

Você também precisa ouvir a voz de Deus porque a Sua voz traz um desatar na sua vida e das outras pessoas.

Habite ricamente em vós a Palavra de Cristo; ensinai e aconselhai uns aos outros com toda a sabedoria, e cantai salmos, hinos e cânticos espirituais, louvando a Deus com gratidão no coração.

Colossenses 3:16 (Bíblia KJA)

Quero lhe falar algo, e quero que você grave isso. É uma frase só, mas se você guardar essa frase, ela fará grande diferença na sua vida:

Problema revelado é problema resolvido!

Lembremo-nos:

Antes de tudo, sabei que nenhuma profecia da Escritura provém de interpretação pessoal, porquanto, jamais a profecia teve origem na vontade humana, mas homens santos falaram da parte de Deus, orientados pelo Espírito Santo.

II Pedro 1: 20-21 (Bíblia KJA)

Somos orientados, impelidos pelo Espírito Santo, tocados e direcionados a falar. O Espírito Santo vai nos levando a falar as coisas de Deus, a ministrar sobre a vida de uma pessoa. Essa é uma das maneiras que Deus fala conosco.Toda vez que Deus falar algo e nós conseguirmos interpretar o que Ele quis dizer, possivelmente vamos receber uma resposta, uma direção, uma cura, portas abertas e milagres nas nossas vidas. Tudo porque conseguimos discernir o que Deus falou conosco.

Os conhecimentos ocultos pertencem a Yahweh nosso Deus: o saber revelado, entretanto, pertence a nós e a nossos filhos, para sempre, a fim de que vivamos na prática de todas as Palavras desta Lei!

Deuteronômio 29:29 (Bíblia KJA)

Todos os mistérios e revelações vêm de Deus, é por isso que José, Daniel, todos eles, diziam: ***Do Senhor vem as interpretações***. Mas Ele revela a nós os seus conhecimentos para que entendamos e pratiquemos a Sua vontade. Quando nós conseguimos absorver a revelação de Deus, automaticamente algo é desatado no mundo espiritual, em nossa vida. Por isso é importante, não só OUVIR Deus falando, mas sim, discernir o QUE Deus está falando.

Vou lhe contar um caso:

Uma noite dessas, fui na inauguração de uma igreja e lá Deus me tocou para profetizar sobre a vida de uma mulher que estava presente. A partir do momento em que Deus começou a me mostrar as injustiças que estavam acontecendo na vida daquela mulher, uma unção de Deus desatou no ambiente e as pessoas começaram a sentir a tremenda Glória de Deus. Porque como já dissemos, toda vez que um problema é revelado, ele é resolvido, e quando há discernimento, interpretação da voz de Deus, são desatados cativeiros e amarras no mundo espiritual.

Uma revelação humana não é capaz disso, uma falsa profecia não desata unção, uma profetada não desata uma unção. Nada que venha no natural, do homem, produz alguma coisa no mundo espiritual. Por isso precisamos entender o sobrenatural.

Precisamos aprender que o desatar da unção acontece quando existe uma PALAVRA DE DEUS sobre a vida de uma pessoa e uma testificação desta PALAVRA no coração desta pessoa. Nesse exato momento, os céus se abrem e as coisas sobrenaturais começam a acontecer no ambiente. Isso é tremendo.

Quando chego em uma casa para orar, como tenho o dom de revelação, já entro e começo a falar o que está acontecendo naquele ambiente. Dias atrás fui orar na casa de uma família e Deus começou a me mostrar, desde o momento em que coloquei o pé na casa, o que estava acontecendo na vida do filho, da filha. Mostrou o que estava acontecendo no ambiente familiar, na empresa. Ou seja, entrei em uma casa e instantaneamente tudo começou a se abrir, a se descortinar na minha frente. Deus me trouxe TODA a revelação do que estava se passando naquele ambiente.

Em alguns lugares aonde chego encontro pessoas sem muita fé, mas a partir do momento em que a revelação é liberada, elas passam a ouvir atentamente o que está sendo dito, palavra por palavra que sai da minha boca, porque elas percebem que é realmente Deus falando através de mim.

É importante entendermos que Deus não fala simplesmente por falar, não mostra só para mostrar. Sempre que algo for mostrado por Deus e interpretado, até mesmo através de sonhos, isso vai desatar as bênçãos, os milagres, enfim o PODER de Deus.

Quando você ouve a **voz** de Deus, você conhece o **coração** Dele. É por isso que nós PRECISAMOS conhecer e nos mover no sobrenatural. Porque é o sobrenatural que vai mexer, trazer câmbios e fazer mudanças significativas e reais na nossa vida.

Lição importante que o Espírito Santo me ensinou:

O ES me ensinou que nem todo mundo vai voar. Ou seja, às vezes os líderes querem que todas as pessoas voem, mas a Bíblia diz em Isaías 40.31 que uns caminham outros correm e outros voam. Está falando de níveis de comprometimento. Conforme a pessoa se compromete é o voo que ela terá. Não podemos exigir que todos tenham a mesma destreza. Não podemos. E isso foi uma importante lição que o Espírito Santo me deu na área da liderança. O líder precisa identificar aqueles que voam, aqueles que caminham e aqueles que correm.

6 - O que significa o Espírito de Profecia?

Assim, Ele designou alguns para apóstolos, outros para profetas, outros para evangelistas e outros para pastores e mestres, com o propósito de aperfeiçoar os santos para a obra do ministério, para que o Corpo de Cristo seja edificado.

Efésios 4:11-12 (Bíblia KJA)

A Bíblia diz nesses versículos que quem designou para o ministério foi o Senhor, e alguns Ele designou a profetas. O ministério profético, necessariamente, precisa ter dons espirituais. Mas nem todos os que têm o dom de profecia são profetas, porque o ministério profético não é só entregar uma palavra para uma pessoa, essa é a menor das manifestações no ministério profético.

O ministério profético mentoreia pessoas ao profético e traz **alinhamento** à igreja, à noiva de Jesus. O ministério profético também libera palavras sobre um ambiente espiritual como uma cidade e até mesmo uma nação. Ou seja, o espírito de profecia, quando está ativo em um ministério profético, molda o ambiente. Ele capta completamente o ambiente, percebendo como ele está.

O espírito de profecia deveria estar em todas as igrejas, pentecostais e não pentecostais. Porque é o espírito de profecia que está sempre preparando o ambiente para os outros ministérios, colocando-os em ordem. Não estamos falando aqui somente de pessoas que tem revelação, mas pessoas de caráter, de calibre, debaixo de uma cobertura espiritual, que ajudam o pastor.

Os pastores, por sua vez, devem entender que se eles tiverem um profeta de calibre ao lado deles, vivendo em comunhão, sem ciúmes, sabendo que cada um se move de uma forma, um contribuindo com o outro, as suas igrejas vão romper no sobrenatural. Deus se move em ambientes, por isso os ambientes precisam ser preparados. Além disso, é o profeta que traz alinhamento para a igreja, pois como podemos ler:

Com certeza Adonai, o SENHOR Soberano, não realizará nada sobre a terra sem primeiro revelar os seu desígnio aos seus servos escolhidos, os profetas.

Amós 3:7 (Bíblia KJA)

A lei que funciona no *Reino de Deus* se chama **parceria**. A parceria precisa existir entre os ministérios, e ela só acontece à medida que cada um entender o seu lugar no corpo de Cristo, pois todas as partes do corpo são muito importantes. Um ministério precisa estar munido de todo o tipo de pessoas para andarem juntas, em um só propósito. É dessa forma que um ministério deve caminhar, juntas, medulas, células, corpo, tudo andando junto. Cada um tem o seu lugar no corpo de Cristo.

A essência da profecia

Diante disso, lancei-me aos seus pés num gesto de adoração, mas ele, imediatamente, me orientou: "Olha, não faças isso; sou conservo

teu e de teus irmãos, que têm o testemunho de Jesus. Adora a Deus, porquanto o testemunho de Jesus é a essência da profecia". Cristo vence todos os inimigos.

Apocalipse 19:10 (Bíblia KJA)

O que significa essência da profecia? Quer reconhecer um profeta? Primeiro observe como ele trata a sua família e as pessoas que estão ao redor dele. Porque o profeta tem que ter o **testemunho de Jesus** na vida dele. Não é apenas bom conversar com um profeta, mas é preciso ver o quanto tem de Jesus na vida dele, e isso se nota pelo seu caráter.

Não adianta ser talentoso em brincar com números, endereços e direções, pois não é isso que agrada a Deus. O que agrada a Deus não é o quanto o profeta é usado, mas o quanto de Jesus está na vida dele. O quanto de amor ele tem pelas pessoas. O quanto ele ama a igreja e quer ser parceiro dos outros ministérios dentro do corpo de Cristo. Se nós compreendermos esse espírito seremos guiados por Deus para o melhor que Ele tem para as nossas vidas.

Por que as pessoas estão famintas pelo profético?

As pessoas estão famintas pelo profético porque há uma alegria em descobrir. Há uma alegria em conhecer. É saboroso aprender o sobrenatural. Todo ser humano na terra (cristão ou não) quer conhecer seu futuro. E o nosso Deus, que vê o antes e o depois, quer usar a igreja para liberar o desenho Dele, o projeto Dele para vida das pessoas. Quando você descobre algo sobre o seu futuro ou o presente, há uma alegria. Profecia descobre mistérios.

Imagine a pessoa visitar a igreja e receber uma revelação. Isso abrirá uma oportunidade para você falar a ela do amor de Cristo por ela, pois é para isso que convergem todas as coisas. O objetivo de todas as coisas, todos os ministérios é Cristo, Ele é o centro, Ele é Alfa e o Ômega, o início e o fim.

A revelação, **a mensagem profética é que traz o rompimento na vida da pessoa** e você sabe que foi usado verdadeiramente em profecia quando as coisas profetizadas se realizam. Existem muitos profetas hoje, mas muitos não falam com revelação. Ou seja, não falam do futuro através da voz de Deus, mas através dos seus próprios pensamentos.

As pessoas percorrem muitos quilômetros de distância para receberem uma palavra **verdadeiramente** profética e fazem isso porque sabem que se uma palavra é liberada, coisas começam a mudar na vida delas. Podem não mudar na hora, mas nos próximos dias e meses sim.

A palavra profética também tem o poder de preparar o ambiente para recebermos o que Deus tem preparado para nós. Então, o ambiente muda e Deus começa a trazer conexões até nós. Ele abre portas no nosso caminho e as coisas começam a se encaixar e serem liberadas. As vendas começam a melhorar, recebemos boas notícias, o banco disponibiliza algo que precisamos. Tudo isso porque uma palavra AUTORIZADA foi liberada. Esse é o poder de uma palavra CHEIA de Deus.

Depois de receber uma cura, se você não tiver uma base, ou a base para mantê-la, você a perde, a mesma coisa acontece quando você recebe uma palavra profética. Muitas vezes as pessoas querem culpar o profeta quando as coisas não se concretizam da forma que foram profetizadas, quando as profecias não se cumprem. Mas o fato é que se elas retrocederem na sua vida com Deus é claro que a promessa não vai se cumprir.

Você não pode parar o que você está fazendo. Alguém pode pensar: *Deus me deu a promessa: água de coco, cadeira de praia, descanso.* Não, não funciona assim. Deus vê que você está no caminho e é nesse caminho que Ele vai lhe abençoar.

Portanto, se você retroceder, as promessas não se cumprirão na sua vida. Se Davi não tivesse continuado no seu caminho ele não seria Rei de Israel, nem sequer teria vencido Golias. Ele precisou permanecer no seu caminho, fazer o que tinha que fazer, É assim que as coisas vão acontecer, à medida que formos fazendo o que Deus mandou fazer.

Não podemos desanimar, não podemos deixar de ser fiéis. Temos que nos manter focados para que as promessas de Deus se cumpram em nossa vida. Muitos estão frustrados porque não aconteceu o que esperavam, mas eles mesmos cruzaram os braços e retrocederam com sua comunhão com Deus.

A Chave da palavra profética se cumprir na sua vida é o seu relacionamento com Deus.

No tempo em que nós estamos vivendo, as pessoas querem algo além, um algo mais. E o ministério profético veio dar essa resposta para as pessoas. Ele é diferente do ministério de cura divina, ainda que por meio do profético, também, curas e milagres aconteçam. Exemplo disso é quando Eliseu ressuscitou o filho da Sunamita:

Eliseu levantou-se e começou a caminhar pelo quarto de um lado para o outro; depois subiu na cama e estendeu-se sobre o corpo do menino mais uma vez; então o menino espirrou sete vezes e abriu os olhos.

II Reis 4:35 (Bíblia KJA)

E quando esse mesmo profeta cura Naamã da lepra, dando-lhe direção do que deveria fazer para ser curado:

Naamã foi com seus cavalos e com seu carro e parou na entrada da casa de Eliseu. Então este mandou um mensageiro dizer-lhe: "Vai lavar-

te sete vezes no Jordão e tua carne te será restituída e ficará limpa!"

II Reis 5:9-10 (Bíblia KJA)

Vemos através desses exemplos, que o ministério profético atua muitas vezes como auxiliar ao ministério de cura divina, mas ele não é o ministério de cura divina em si. Quando Deus quer curar, Ele libera, através do ambiente profético, uma unção específica, por meio da qual ele revela se há alguém sentindo uma dor, o que é chamado *Palavra do Conhecimento*.

Sempre que Deus revela a nós que alguém se encontra com uma dor ou enfermidade, Ele está mostrando isso não somente por mostrar. Ele não quer apenas que tenhamos o conhecimento daquela dor. ***Ele mostra porque quer tirá-la, quer curar a enfermidade.*** Ele quer que a unção de Deus que está em nossa vida toque também a vida daquela pessoa. Essas são curas especiais que ocorrem através do ministério profético.

Qual seria o objetivo de revelarmos toda a vida de alguém? Seria para causar espanto? Não, o Espírito de Profecia vem como uma revelação sim, do que a pessoa viveu ou está vivendo, mas vem com *chaves para ela abrir portas no futuro*. É isso que o espírito de profecia faz.

Mas não é por termos esse dom de profecia, apenas esse dom, que podemos nos considerar um profeta. Ser profeta é um ministério. O dom de profecia, contudo, é um presente comum para todos os crentes. Se você é salvo, você pode ouvir a Deus.

A profecia é sobre declarar. Predizer o futuro de uma pessoa, nação ou coisa. Ou seja, a profecia é (no reino espiritual) dizer ou declarar algo sobre o futuro.

Se nós reagirmos contra a profecia, pensaremos que isso só acontece em certos momentos e somente através de certas pessoas, mas isso é um espírito religioso. Se conhecermos a Deus, saberemos que Ele quer falar conosco.

Por muito tempo as pessoas estudaram a Deus e o conheceram através do conhecimento, mas Deus quer que seu povo o **experimente**. Cremos que Deus se revelará, a si mesmo, ao seu povo, e assim ele terá uma compreensão mais profunda de quem Ele é. Esta geração está cansada de apenas estudar a Deus. Ela quer experimentá-lo.

Como conseguir uma Palavra?

I - Seu coração tem que estar aberto.
II - Fique em posição de ouvir.
III - Não tenha preconceito por quem você recebe a Palavra; Deus usa quem Ele quer.

O que fazer depois de receber uma Palavra:
I – Mantenha um estilo de vida proativo.
II – Medite sobre o que Deus está dizendo.
III - Guarde essa Palavra em seu coração.
IV – Aja de acordo com essa Palavra: Obedeça. Você tem uma responsabilidade.

7 – A importância e o poder da Profecia

Em primeiro lugar, *a profecia é importante e não pode ser ignorada porque Deus deseja falar com o Homem*. Ele quer comunicar-se conosco. Deus é um Deus pessoal e deseja ter uma íntima relação conosco. Quando Ele criou o homem Ele o criou para se relacionar com ele, mas o pecado, depois da queda do homem, endureceu o coração do homem e pôs uma barreira para o homem não ver nem ouvir a Deus.

Não, o braço forte de Yahweh não está encolhido que não possa alcançar-nos com a salvação; nem o seu ouvido está tampado que não possa ouvir. No entanto, são as vossas maldades que fazem separação entre vós e o vosso Deus. Os vossos pecados nublaram e esconderam de vós a face do SENHOR, e por isso ele não lhes dará ouvidos!

Isaías 59:1-2 (Bíblia KJA)

O Dom de Profecia é a voz de Deus traduzida no interior do homem, para que este a interprete e a repasse com sabedoria.

Em segundo lugar, *a Profecia é a voz do Espírito Santo*. Através do dom profético, existe um fluir especial do Espírito Santo para que falemos e tenhamos em nossa mente impressões dadas pelo próprio Deus a nós.

E Elias procurará fazer com que os corações dos pais shuwb, se retratem, perante seus filhos, e os corações dos filhos se convertam aos seus pais; do contrário, Eu virei e castigarei a terra com khay'rem, desgraça.

Malaquias 4:6 (Bíblia KJA)

Essa profecia de Malaquias é o tipo de profecia transcendental, que muda o rumo da história. Malaquias profetizou como enceramento do antigo pacto, mas essa profecia não se cumpriu imediatamente. Levou 400 anos para que ela tivesse a sua operação total. Tal profecia de Malaquias trouxe um despertar. Jesus trouxe essa profecia e ativou-a. Todavia, foram 400 anos de silêncio antes de Jesus vir com o despertar.

Na época de Herodes, rei da Judéia, havia um certo sacerdote chamado Zacarias, que fazia parte do grupo sacerdotal de Abias. E Isabel, sua esposa, também era uma das descendentes de Arão... E, chegando o momento da oferta do incenso, uma multidão de pessoas estava orando do lado de fora. Foi então que um anjo do Senhor apareceu a Zacarias, à direita do altar do incenso. Entretanto, o anjo lhe assegurou: "Não tenhas medo, Zacarias; eis que a tua súplica foi ouvida. Isabel, tua esposa, te dará à luz um filho, e tu lhe porás o nome de João. Ele avançará na presença do Senhor, no mesmo espírito e poder de Elias, com o propósito de fazer voltar o coração dos pais a seus filhos e os desobedientes à sabedoria dos justos, deixando um povo preparado para o Senhor.

Lucas 1:5;10-13;17 (Bíblia KJA)

Muitos entendem que Zacarias ficou mudo porque estava duvidando de Deus, mas na verdade ele estava **teimando** com Deus, porque na linhagem dele não tinha nenhum João, não existia entre seus antepassados esse nome, João. E Zacarias, como sacerdote, como homem, estava esperando outro sacerdote. Esse era o destino. E quando o Senhor disse que o nome dele era João nós vemos a dificuldade de Zacarias em aceitar isso, por isso ele ficou mudo.

Existem igrejas MUDAS espiritualmente porque não conseguem aceitar o profético. A linha delas é pastoral, é sacerdotal. Estão acostumadas ao mover pastoral, são de uma linha sacerdotal, e para elas não existe o profético. Mas o profético vem para auxiliar o pastoral, ele traz alinhamento à igreja. João Batista preparou o caminho do Salvador, a Bíblia diz que ele:

Há uma voz que clama: "Em meio à terra desértica preparai o caminho para Yahweh; na estepe, aplanai uma vereda para o nosso Deus!"
Isaías 40:3 (Bíblia KJA)

Como João Batista, que é a voz que clama no deserto, que prepara o caminho do Senhor, endireita no ermo as veredas para o nosso Deus, **assim são os profetas**, que vão estar alinhando a igreja nos últimos dias. Os pastores vão continuar a cuidar do povo, cada um no seu chamado. Enquanto Zacarias estava esperando um outro sacerdote, o Senhor Deus estava dizendo: *Agora não é mais só tempo do pastoral, é o tempo do profético entrar em ação e preparar a vinda do messias.*

Nós estamos nos últimos dias, nas últimas horas, digamos assim. Jesus está voltando. As tragédias que temos acompanhado, terríveis, apontam para isso, elas estão prefigurando o que está escrito há muito tempo atrás: "o amor de muitos se esfriará". Sem falar do aumento da ciência e tantas outras coisas. Só que para Jesus vir, a geração de profetas terá que se levantar para preparar o caminho, porque profeta também entrega palavra exortativa para alinhar a igreja e Zacarias não compreendia isso. Como na casa dele teria um profeta? Ele estava esperando outro pastor. Isso é mistério profundo.

Imagine cada igreja ter um profeta, uma profeta de Deus. Além do dom profético ganhar pessoas e alinhar a igreja, vai estar ajudando o pastor em todas as coisas. O profeta não se sobreporá ao pastor, mas estará sempre trazendo a igreja para o seu destino, não a deixando sair do rumo, do propósito que Deus estabeleceu para ela.

Pela falta do profético que a igreja brasileira dos nossos dias vê os números, mas não consegue preparar uma noiva, porque quem prepara uma noiva são os profetas. Eles trazem ALINHAMENTO às coisas.

É importante dizer que o despertamento dos profetas não é bom só para a igreja, é bom para a sociedade como um todo, por isso muitos empresários buscam o profético. Isso ocorre porque eles já tiveram contato e experiências com profético de modo que sabem que o profético mexe em suas vidas quando ele é liberado.

8 - O dom profético na Igreja

O grande apóstolo Paulo exortou a igreja a profetizar:

Segui o caminho do amor e exercei com zelo os dons espirituais; contudo, especialmente o dom de profecia.
I Coríntios 14:1 (Bíblia KJA)

Não apagueis o fulgor do Espírito! Não trateis com desdém as profecias, mas, examinai todas as evidências, retende o que é bom.
I Tessalonicenses 5:19-21 (Bíblia KJA)

Vemos nos dois textos bíblicos acima que Paulo instrui a igreja a manifestar os dons, enfatizando o ministério profético. Então a igreja precisa, sim, se mover e manifestar os dons espirituais, pois essas palavras são também para a igreja dos nossos dias. Os dons não passaram.

Muitos dizem que o último profeta foi João Batista, esquecendo-se até mesmo de Jesus, Ágabo e outros que vieram após estes. Mas o que a Bíblia diz sobre eles?

Certamente, o maior profeta e a maior mensagem foi à trazida em carne por Jesus Cristo, o Verbo da Vida.

Sem dúvida, grande é esse mistério da fé: Deus foi manifestado em carne, foi justificado no Espírito, contemplado pelos anjos, pregado entre as nações, crido no mundo e recebido acima na glória.

I Timóteo 3:16 (Bíblia KJA)

Naqueles dias desceram alguns profetas de Jerusalém para Antioquia. Um deles, chamado Ágabo, levantou-se e pelo Espírito predisse que uma grande fome assolaria a todo mundo romano, o que de fato veio a ocorrer nos dias do reinado de Cláudio.

Atos dos Apóst. 11:27-28 (Bíblia KJA)

Isso sem falar no próprio apóstolo Paulo, profetizando e transferindo esse dom a outros:

Quando Paulo lhes impôs as mãos, veio sobre eles o Espírito Santo e começaram a falar em línguas e a profetizar.
Atos dos Apóstolos 19:06 (Bíblia KJA)

Então, como podemos dizer que esse mover acabou? **Você acha, realmente, que Jesus Cristo teria vindo para essa Terra, começado a igreja e teria voltado para o Pai deixando a *Sua* igreja desarmada contra o inferno?** Não, os dons espirituais não acabaram e o apóstolo Paulo incentiva a buscar o dom de profecia, pois ele é extremamente importante para a igreja:

Entretanto, quem profetiza o faz claramente para edificação, encorajamento e consolação de todas as pessoas.
I Coríntios 14:3 (Bíblia KJA)

Então, por que é tão importante buscar o dom de profecia? Porque a profecia edifica, exorta e consola.

A igreja de Corinto foi uma igreja de dons. E hoje, muitas igrejas não aceitam o profético e por isso estão sofrendo. Negligenciam o profético e acabam não sendo plenamente edificados, encorajados e consolados, já que essa é claramente a função do profético no Corpo de Cristo.

Isso se dá por incredulidade e por religiosidade. Elas entendem, erroneamente, que o ministério profético encerrou com João Batista, mas, como vimos, muitos profetas se levantaram após a morte de João Batista e o *Novo Testamento* está repleto deles.

Ou seja, muitos dizem que o profético não existe mais, mas na verdade essas pessoas não EXPERIMENTARAM do profético, por isso é mais fácil dizer que não existe, do que acreditar em algo que não viveram ou que nunca viram. Além disso, muitos líderes ignoram o profético porque temem que as pessoas com esse dom vão lhes dar "dores de cabeça". O que de fato acontece, quando quem possui o dom profético não é devidamente treinado.

Quando falta uma canalização do dom profético para o *Reino*, ele é usado de forma errada e os profetas ao invés de contribuir, acabam se rebelando, não se submetendo ao seu pastor, por vezes até o desprezando, pelo fato de Deus falar com ele e não com seu pastor. Mas isso não está de acordo com a vontade de Deus. A vontade Dele é que o espírito profético se submeta e compreenda o seu papel.

É por isso que precisamos ter o discernimento correto de tudo que está ao nosso redor. Se não soubermos com exatidão o que o Senhor está mostrando não poderemos avisar os intercessores do que está por vir.

Creio que o ministério Profético precisa estar bem relacionado com o ministério de intercessão e com o ministério de libertação. No momento que esta tríplice parceria estiver bem estabelecida em cada igreja, grandes coisas serão desatadas sobre a igreja do Senhor Jesus.

Estamos vivendo em um tempo em que a incredulidade, o ateísmo, tem crescido de forma avassaladora. E como nós, como igreja, esperamos combater isso? Será que apenas um bom sermão é o suficiente? Não. Um bom sermão se encontra no *Youtube*. Lá tem muitas boas palavras e por que, então, as pessoas sairiam de casa, se elas podem assistir bem sentadas no aconchego do seu sofá?

Aí você pode dizer, mas temos que ter comunhão como igreja. Você acha que esse argumento convence um ímpio? Você acha que ganha um descrente dizendo isso?

Sabe qual será a DIFERENÇA da igreja dos últimos dias? **Uma igreja que demostre o PODER de Deus.** Um lugar que quando você chega, já sente o ambiente da glória e da presença de Deus. Nem começou o culto e o cidadão está sentado no banco chorando e você pergunta o que houve e ele responde que nem sabe, que começou a lacrimejar e você poderá responder: ISSO É A GLÓRIA DE DEUS LHE TOCANDO! É O PODER DE DEUS SE MANIFESTANDO NESSE LUGAR.

Uma igreja que anda no poder é uma igreja que rompe, que dá respostas, é uma igreja que dá direção, porque OUVE a voz de Deus. Esse é o tempo em que precisamos voltar a crer no sobrenatural de Deus. O Evangelho não é conversa, o Evangelho é PODER de Deus.

As pessoas tem que entrar na igreja e se deparar com esse Poder, com a Glória de Deus naquele lugar. Elas precisam entrar no templo e sentir a presença de Deus e isso, infelizmente, muitas vezes não acontece.

Nós entendemos e incentivamos que a igreja dos nossos dias tem que ser uma igreja poderosa, que ande nos dons espirituais e que manifeste a Glória de Deus, em todos os lugares, não só dentro do templo, mas nas escolas, nas ruas, nos mercados e por onde quer que ela passe.

A resposta que a igreja tem que dar é que Deus fala, que nosso Deus revela, que nosso Deus cura e que não há NADA, nem ninguém, como Ele. Nós não servimos um Deus de pedra, nós servimos um Deus de milagres. Crentes e descrentes, cristãos ou não, precisam de confirmação de muitas de suas indagações e decisões e isto se dá pelos profetas.

Inúmeras das pessoas inscritas no nosso canal do *Youtube*, amigos do *Facebook* e seguidores do *Instagram*, se dizem espíritas ou frequentam outras religiões. Tudo porque a igreja não lhes deu as respostas que precisavam. Vemos, por conta disso, muitos procurando respostas em outras religiões e seitas, indo em tantos e tantos lugares, procurando todo o tipo de coisas, justamente pela falta do profético nas igrejas de Cristo.

As pessoas querem respostas para as indagações, para as revelações que elas têm de Deus, pois nós temos, sim, **traços da revelação de Deus** em nós, apesar do pecado ter nos afastado Dele.

É por causa dessa revelação de Deus que temos sonhos como avisos, que entramos em lugares que parece que já conhecíamos e pessoas que nunca tínhamos visto nos parecem familiares. A questão é que muitas igrejas não tem respostas para dar as pessoas sobre isso. O espiritismo tem até uma teoria sobre isso **e nós como igreja, o que temos dito às pessoas**? Que é tudo imaginação delas? Que são criações do seu subconsciente? Obviamente elas não vão acreditar, porque isso não é verdade.

Mas nos dias de hoje, Deus está levantando uma geração de profetas, justamente para alinharem a igreja ao seu propósito. E o seu propósito é dar **respostas** a todo o que procura ou precisa.

O Que sucede quando o profético está na Igreja?

No outro dia, ao romper da aurora, eles se levantaram e partiram em direção ao deserto de Tecoa. Ao saírem, o rei Josafá colocou-se em pé diante do povo e exclamou: "Ouvi-me, ó Judá e moradores de Jerusalém! Crede sem sombras de dúvidas em Yahweh, o SENHOR vosso Deus, e estareis sempre seguros; confiai nos profetas do SENHOR, e sereis bem sucedidos!"

II Crônicas 20:20 (Bíblia KJA)

A Palavra de Deus diz: "Creia nos profetas e serás próspero". Observamos que o ministério Profético tem sido removido de muitas igrejas e por isso não há prosperidade. Para que a prosperidade esteja presente na igreja, os profetas precisam voltar a ter vez e voz.

O profeta Elias não somente profetizava, mas realizava milagres através do profético. O papel do profético na igreja nos dias de hoje é resgatar o espírito de Elias, e os filhos de Deus voltarem a operar em sinais, maravilhas e milagres. Isto porque nós entendemos que o que se **Deus Revela, Deus Resolve.**

Deus também deseja que o profético na igreja nos prepare para o que Ele tem reservado para nós, para as bênçãos. Mas também para advertir seu povo. A profecia pessoal e coletiva nos revela os tempos e marcos proféticos para nossa vida e para a igreja. Por isso da importância dos profetas e do presbitério profético na igreja, hoje.

Além disso, estamos prestes a entrar na temporada em que veremos a maior colheita. Esta é a geração que receberá um manto maior de evangelismo, para que possa recolher essa grande colheita. Mas uma das ferramentas mais poderosas que fará esse movimento acontecer é a profecia. **Somos capazes de ouvir a Deus porque o profético nos levará ao derramamento do próximo Avivamento.**

Falsa profecia e Morte na Panela

Você já ouviu a expressão Morte na Panela? Você sabia que isso está relacionado à falsa profecia? Existem muitas pessoas que tem dom genuíno de profecia, outros não têm o dom, mas tem revelações de Deus. Mas o grande problema daqueles que tem o dom e também daqueles que tem apenas as revelações é a falta de discernimento quanto à voz de Deus. Muitas vezes a pessoa realmente ouviu uma palavra de Deus, mas não sabe interpretar o que Deus falou com ela. Ela não consegue discernir com **exatidão** o que Deus disse a ela.

Por exemplo: Se ao entrar em um ambiente, seja concreto ou virtual, sinto uma dor bem no meio da cabeça já sei que tem alguém ali que está com essa dor. Como essa revelação, essa palavra de conhecimento, é tão exata? Porque Deus ensina a discernir o que Ele mostra. Por que não basta apenas Ele mostrar, você precisa discernir o que Ele fala com você.

O ministério profético não se manifesta como muitos pensam, através de uma pessoa vir girando e dando cambalhota para entregar uma palavra para alguém. Na verdade o nosso Deus é um cavalheiro e o profeta também tem que o ser. A falsa profecia, por sua vez, ocorre muitas vezes pela incapacidade da pessoa de discernir o que realmente Deus falou com ela e não por que ela quis entregar uma profetada ou uma falsa profecia. Por isso a importância da *Escola de Profetas*:

alinhar as centenas de profetas que estão espalhados pela nação.

Eliseu voltou a Gilgal, quando a fome assolava toda a região. Estando os discípulos dos profetas sentados à sua frente, ele solicitou ao seu servo: "Põe a panela grande no fogo e prepara uma sopa para os irmãos profetas um deles Um deles saiu ao campo para apanhar verdura e encontrou uma espécie de trepadeira silvestre. Apanhou alguns de seus frutos e encheu deles seu manto. Assim que retornou, cortou-os em pedaços e colocou-os no caldeirão do ensopado, embora ninguém soubesse o que era. O ensopado foi servido aos homens, mas logo que o provaram, gritaram: "Ó homem de Deus, há morte na panela!" E não conseguiram mais comer. Entretanto Eliseu ordenou: "Trazei farinha!" Ele a despejou na panela e orientou: "Servi aos homens para que possam se alimentar em paz". E já não havia mais qualquer perigo naquele caldeirão."

II Reis 4:38-41 (Bíblia KJA)

Essa passagem relata que entre os discípulos do profeta Eliseu, os alunos da Escola de Profetas, um deles ao invés de colher verdura, colheu veneno. O primeiro que experimentou o ensopado sentiu-se mal e os outros já começaram a gritar: Há morte na panela!!! Ou seja, a panela está envenenada. A Bíblia fala que ao ouvir isso o profeta Eliseu disse para colocarem farinha nessa panela. A farinha representa a Palavra de Deus. Quando a palavra de Deus foi lançada sobre aquela panela, extinguiu-se o veneno e todos puderam comer e beber daquele ensopado, tranquilos, em paz.

A panela pode representar a igreja, uma empresa e até mesmo a vida sentimental de alguém. Isto é, a panela pode representar uma área da nossa vida e esse veneno colocado ali representa a falsa profecia lançada na vida de uma pessoa trazendo desilusão e decepção, porque não se realizou e assim entrou morte em sua vida.

Além disso, se um profeta lança uma palavra e está desalinhado com Deus ele traz confusão, morte, ao invés de trazer bênção e alinhamento. Por isso, embora o profético seja poderoso para desatar e realinhar, é preciso ter cuidado para perceber se o profeta que está liberando algo, realmente está em Deus e trazendo algo da parte de Deus. Uma chave é que **o profeta não somente revela, mas ele dá uma direção**. Não pode ficar só na revelação pela revelação.

Porém, não é só a falsa profecia que causa morte na panela. Oração contrária, inveja, e quando existe imprudência e legalidade para o inimigo agir. Por exemplo, você tem uma empresa e os negócios não estão acontecendo, tem algo travando os negócios, há morte ali. Quando vem a palavra de um profeta os negócios são liberados porque a Palavra de Deus, e não do homem, entra ali com alinhamento para essa empresa.

Quando a igreja para de crescer, quando a igreja não avança, quando pessoas não vêm e a igreja começa a minguar tem morte na panela, ou seja, a igreja está com problemas. Alguém semeou algo ruim naquela igreja. Em alguns casos a igreja vai ter que mudar de prédio, em outros casos um profeta tem que liberar uma Palavra para que a morte cesse e haja paz naquela igreja.

Por isso a Bíblia, antes de falar do ministério pastoral, antes de falar no ministério de mestre, fala do ministério apostólico, porque o apostólico abre igrejas, destrona potestades. Mas em seguida a Bíblia fala do ministério profético, porque o ministério profético (genuíno) revela para o pastor o que está acontecendo, o que está se movendo no mundo espiritual, trazendo conselho e alinhamento para a igreja. Assim, a palavra de um profeta é a farinha jogada dentro da panela. E quando essa farinha é jogada, ela acaba com a morte e a igreja volta a crescer, visitantes voltam, porque o clima espiritual de morte, a preocupação de que a igreja vai fechar ou que o pastor vai embora, enfim, tudo de venenoso que estava instalado ali, é rompido, dissipado.

A morte na panela tem que ser eliminada com a Palavra de Deus e com a verdadeira profecia. Acompanhe o testemunho de uma pastora sobre essa questão, de como Deus falou com ela e as interpretações dos seus sonhos dadas pelo profeta:

"Vi uma unção de Deus na sua vida, de revelação e principalmente de sonhos, e essa história tem alguns sonhos. Estou pastoreando há dezessete anos uma mesma igreja, no mesmo local. Saí da minha igreja abençoada pelo meu pastor e fui pastorear junto com outros pastores e até onze anos esse ministério cresceu bastante. Nós abrimos congregação e havia muita unção, pessoas eram batizadas, libertas, muita benção.

Quando o ministério completou onze anos eu tive uma rebelião na igreja, um grupo de pessoas do evangelismo se rebelou e começou a sair gente, foram umas dez famílias e depois disso eu percebi a igreja minguando e a congregação havia crescido também. Tinha em torno de 100 pessoas nela e há dois anos o pastor de lá abriu uma igreja na mesma rua e levou muita gente. Ficamos somente com umas vinte pessoas e lutando nessa congregação e lutando na sede, mas a congregação não fluiu, continua uma igreja pequena e de dois anos para cá não se viu mais conversão na igreja. Cada culto é uma luta muito grande.

Nesse tempo eu tive três sonhos:

1 – No primeiro sonho eu dirigia um carro junto com minha família, todos da igreja (esposo e filhas) e esse carro caía num labirinto e nós ficávamos empurrando e empurrando esse carro e não conseguíamos sair daquele local.

2 – No segundo sonho eu estava dirigindo um caminhão e no meio do caminho apareceram vários homens encapuzados e a gente ficava em uma encruzilhada com os homens querendo nos matar, armados. E não conseguíamos sair do lugar com aquele caminhão.

3- No terceiro sonho eu estava pilotando um avião muito grande e tinha muita gente, mas o avião não decolava.

Eu tenho orado, buscado a Deus uma direção para isso porque eu não estou entendendo o que tem acontecido. Algumas pessoas oram e a gente sente uma opressão, algumas pessoas falam que veem obras de bruxaria. Eu tenho sonhado com cachorros muito grandes, insetos, bichos. Eu gostaria de ouvir a sua interpretação desses sonhos."

Interpretações do profeta:

"Todos os três sonhos são proféticos. O resumo deles é o seguinte:

*Sonho 1 – **Carro**: representa o ministério. Ele precisa uma direção de Deus.*

*Sonho 2 – **Caminhão**: representam espírito de acusação e oração contrária. Muita inveja.*

*Sonho 3 – **Avião**: A grande promessa que Deus lhe deu, mas que não está se cumprindo porque esse avião precisa ser impulsionado, ele precisa de uma força maior para poder levantar voo. O que significa? Significa que o seu ministério está precisando de uma ativação do profético. Vocês precisam de direções bem específicas para sair* *dessa situação. Eu aconselho a virem na Escola de Profetas, para que eu tenha um tempo para ministrar sobre a sua vida. Mas enquanto isso, a direção é mudar de lugar. Porque esse lugar traz lembranças ruins de coisas que aconteceram. Então a pérola que vou lhe entregar agora, que o Espírito Santo me dirige, é vocês começarem a orar por um novo lugar. Caso o lugar em que estejam agora seja próprio eu aconselho a colocar a venda e comprarem outro prédio para vocês. Sei que isso parece um tanto radical, mas é a primeira mudança. Têm outras coisas, mas isso já é o começo para levantar o ministério, levantar o ânimo da sua equipe."*

Lição importante que o Espírito Santo me ensinou:

O Espírito Santo me ensinou que uma igreja poderosa não é a que tem mais membros, mas sim a que tem uma vida diligente de oração.

9- Quem é o Profeta?

Quem eram os Profetas Bíblicos?

Os livros proféticos compõem boa parte do Velho Testamento, praticamente a sua terça parte, e contêm as profecias e até mesmo histórias pessoais de profetas que foram registradas, desde o séc. VIII ao séc. IV a.C. Este período é marcado pelo desenvolvimento e pelo aparecimento de muitos homens usados por Deus para entregar as Suas mensagem ao Seu povo.

Atravessava-se, então, um período de grandes acontecimentos políticos: Israel deixava de existir; a Assíria perdia a sua independência; Babilônia era submetida pelos persas; Jerusalém, após ter sofrido uma destruição total, vivia um período de ressurgimento nacional. A Grécia, depois de se libertar galhardamente do inimigo invasor, via-se em lutas internas. Roma, a expandir-se avassaladoramente. Enfim, uma época brilhante em todos os ramos da ciência, da política e da estratégia, *sem que, todavia, **nenhum sábio, nenhum político, nenhum herói tenham*** *superado esses homens de poder e de visão, que foram os profetas de Israel e de Judá.*

O profeta, como homem que tem uma comunicação direta e imediata com Deus, recebe a revelação de seus desígnios, que julga o presente e prevê o futuro, e é enviado por Deus para conduzir os homens a seu amor. É por essas características que se considera Moisés o primeiro profeta, o maior de todos, que inaugura a linhagem dos herdeiros de seu dom.

O Que é, então, ser um profeta?

Primeiramente, ser um profeta é ser um "homem de Deus", mais intimamente ligado a Deus do que os outros homens, e, portanto, mais reto e mais justo do que eles. Em segundo lugar, o profeta é um "servo DO SENHOR", com uma missão especial a cumprir, a de entregar uma mensagem aos povos. Daí ser o profeta o "mensageiro DO SENHOR". As suas palavras tinham uma autoridade e uma força que só podiam vir de Deus. Finalmente o profeta é um "homem de Espírito", no dizer de Oséias:

O profeta, sob a direção de Deus, é a sentinela que vigia Efraim; contudo, laços o aguardam em todas as suas veredas, e a hostilidade, na Casa de Elohim, o Templo do seu Deus.

Oséias 9:8 (Bíblia JKA)

O que o profeta Oseías está declarando diz respeito ao poder e à autoridade do profeta. Mas, se atendermos ao fato de que era esse homem que explicava aos povos a mensagem divina, podemos ainda acrescentar às qualificações do profeta o de "intérprete".

Mais três nomes vêm nos indicar como o profeta recebia a sua mensagem, e a seguir como a tornava conhecida. Dois deles *roeh* e *chozeh* significam "vidente". **O profeta vê o que não é dado ver aos restantes homens, mas não por mérito próprio devido a uma excepcional perspicácia.** Também não se trata do emprego de meios semelhantes aos que se utilizavam na adivinhação ou no ocultismo. *A "visão" do profeta resulta exclusivamente dum dom sobrenatural,* independente da vontade do mesmo profeta, pois *o objeto dessa visão é revelado por Deus.*

Não vá julgar-se, porém, que tal submissão a Deus pode implicar uma passividade absoluta. O uso das faculdades normais do profeta não fica em suspenso, como se pode deduzir da palavra "vidente", já que, quando mais não seja, a visão exige grande esforço da parte do profeta, preparando-se para ela, as mais das vezes, com oração e consagração.

A terceira palavra em questão, mais frequente e que se traduz por profeta, é *nabi,* e dá a entender que a pessoa assim designada é um verdadeiro intérprete.

Então voltei meu o rosto ao Eterno Elohim, a fim de buscá-lo mediante orações e súplicas, em jejum, vestido de luto, em panos de saco, e coberto de cinza.

Daniel 9:3 (Bíblia JKA)

Ao contrário de Elias e Eliseu, os últimos profetas não operavam milagres. Confiavam inteiramente nas palavras escritas ou proferidas, e reforçadas de vez em quando por uma ação simbólica. É o que podemos ver na passagem:

Então o profeta Hananias tomou o jugo que estava no meu pescoço e o quebrou em pedaços. E Hananias ainda esbravejou diante de todo o povo: "Assim diz *Yahweh*: 'É, pois, desta mesma maneira que quebrarei o poder e o jugo de Nabucodonosor, rei da Babilônia, e o tirarei do pescoço de todas as nações no prazo de dois anos!'" Diante disso, o profeta Jeremias retirou-se. Depois que o profeta Hananias quebrou o jugo do pescoço do profeta Jeremias, o SENHOR dirigiu a sua Palavra a Jeremias nestes termos:"Vai e fala a Hananias: Assim diz *Yahweh*: Quebraste tu um jugo de madeira, mas em vez dele Eu prepararei um jugo de ferro! Porquanto assim afirma o Eterno Todo-Poderoso, o Deus de Israel: Eis que coloquei um jugo de ferro sobre o pescoço de todas estas nações, para que se sujeitem a Nabucodonosor, rei da Babilônia; e elas se submeterão a ele; e entreguei-lhe até os animais selvagens dessas terras. Então o profeta Jeremias disse ao profeta Hananias: "Escutai! *Yahweh* não o enviou, mas assim mesmo tu persuadiste toda esta nação a acreditar em uma pregação mentirosa. Por isso, assim afirma o SENHOR: 'Eis que vou exterminá-lo da face da terra! Ainda neste ano morrerás, porquanto pregou

rebelião contra *Yahweh*!'"E, de fato, o profeta Hananias morreu no sétimo mês daquele mesmo ano.

Jeremias 28: 10-17 (Bíblia KJA)

Sobretudo, *um profeta é alguém que revela e interpreta a MENTE de Deus no presente e no futuro*. É alguém a quem Deus se dá a se conhecer intimamente. Os profetas interpretam os tempos, as temporadas e o que Deus está dizendo à igreja no presente. Todavia, o ministério de um profeta é profetizar o futuro.

Há de se ter cuidado com aqueles que, como Hananias, profetizam em causa própria ou externando suas próprias emoções ou opiniões. Isso é muito perigoso, pois estaremos frente a uma falsa profecia. Os profetas genuínos, entretanto (como o exemplo de Jeremias na passagem acima), são canais de comunicação com Deus. Ele escolheu homens, cheios de zelo, pelos quais Ele poderia falar e expressar sua vontade. Geralmente Deus usa o profeta para confirmar o que Ele já tem dito de outras formas.

Na maioria das vezes, os homens não compreendem a voz e os sinais do Senhor, por isso o Senhor envia mensageiros especiais para redirecionarem as pessoas à vontade de Deus para elas. Ou seja, profetas são usados para exortar, edificar e consolar, trazendo-nos de volta ao desígnio de Deus para as nossas vidas, para que possamos cumprir plenamente o Seu propósito para as nossas vidas.

Com certeza Adonai, o SENHOR Soberano, não realizará nada sobre a terra sem primeiro revelar os seu desígnio aos seus servos escolhidos, os profetas.

Amós 3:7 (Bíblia KJA)

Características de um profeta

Profeta é aquele que aponta o caminho. Por isso é uma grande responsabilidade, quanto mais Deus confia a nós dons ou talentos, mais serviço vamos ter e também mais responsabilidades. A Bíblia diz que a uns Deus confia um tanto, a outros Deus confia outro tanto:

A um deu cinco talentos, a outro, dois e a outro, um talento; a cada um conforme a sua capacidade pessoal.

Mateus 25:15 (Bíblia KJA)

Quando Deus nos dá coisas maiores, junto com elas vêm responsabilidades maiores: as de atender às demandas. Nosso chamado é para abençoar as pessoas e nós precisamos fazer isso, pois **nós somos servos e não celebridades.** Quanto mais Deus nos dá, mais devemos servir.

Todo o profeta de Deus tem essa característica, **as pessoas vêm até ele**. É impressionante como Deus usa o ministério profético, pois as pessoas chegam até o profeta e começam a contar coisas e acabam por contar toda a vida delas.

Um grande exemplo disso é João Batista. A Bíblia relata que vinham pessoas de todas as partes para falar com ele

Naqueles dias surgiu João Batista pregando no deserto da Judéia; e dizia: "Arrependei-vos, porque o Reino dos céus está próximo". Este é aquele que foi anunciado pelo profeta Isaías:

"Voz do que clama no deserto: Preparai o caminho do SENHOR, endireitai as suas veredas". João tinha suas roupas feitas de pelos de camelo e usava um cinto de couro na cintura. Alimentava-se com gafanhotos e mel silvestre. A ele vinha gente de Jerusalém, de toda a Judéia e de toda a província adjacente ao Jordão. Confessando os seus pecados, eram batizados por João no rio Jordão.

Mateus 3:1-6 (Bíblia KJA)

Por que isso acontece? Porque é um ministério de REVELAÇÃO. A pessoa nem encostou no profeta e já começa a falar a vida dela. E quando ela não fala o Espírito Santo monstra. E por que Ele mostra? Para o profeta dar DIREÇÃO para ela.

Vemos que todo o profeta genuíno de Deus tem essa característica e também tem outras. As principais características de um profeta genuíno de Deus são:

I - **Grande zelo**. O profeta é sério com as coisas de Deus. Todo o profeta verdadeiro vai aborrecer o pecado, não vai querer se contaminar com algumas coisas.

Daniel, porém, decidiu no seu coração não se tornar impuro consumindo as iguarias do rei, nem com o vinho especial servido à mesa real, e solicitou ao chefe dos oficiais permissão para se abster daqueles alimentos.

Daniel 1:8 (Bíblia KJA)

II- **"Oito ou oitenta"**. Isto é, sem meio termo, sim é sim e não é não. Exato, direto, objetivo. Às vezes um profeta pode até mesmo magoar as pessoas por esse seu jeito impositivo. Mas na verdade, todos os profetas da Bíblia, com um grande chamado profético de Deus, eram homens um pouco difíceis de lidar. Porque eram homem que falavam a verdade e não faziam "rodeios" para transmitir as verdades de Deus.

III - **Obediente à voz de Deus**. Deus não permite que eles façam algumas coisas. Dificilmente faz sua própria vontade, ele é obediente à voz de Deus. Porque o chamado do profeta é para OBEDECER à voz de Deus. Mesmo que ele queira fazer algo contrário à vontade de Deus ele sempre retorna.

Então, dentro do ventre do peixe, Jonas orou a *Yahweh*, o seu *Elohim*, Deus.

Jonas 2:1 (Bíblia KJA)

Eu, porém, te oferecerei sacrifícios com voz de ação de graças. O que prometi cumprirei fielmente! Sim, eis que *yeshû'âh*, a salvação, vem do SENHOR *Yahweh*." E *Yahweh* deu ordem ao peixe, e este vomitou Jonas na praia.

Jonas 2:9-10 (Bíblia KJA)

Assim, vemos que a VOZ de Deus faz o profeta se dobrar. Ela é o norte na vida de um profeta e o faz estremecer. O profeta de Deus tem uma facilidade muito grande de ouvir a voz de Deus. Ele a reconhece rapidamente. Quando Deus fala com ele, o profeta já se volta inteiramente a Deus.

Moisés era um profeta de Deus, porque ele era um homem que ouvia a voz de Deus, mas isso porque ele era um homem totalmente entregue a Deus. Quando Deus falava com Moisés ele nem rebatia, pois ele sabia que a voz de Deus era uma voz soberana.

Portanto, dirás aos filhos de Israel: Eu Sou *Yahweh*, e vos farei sair de debaixo das cargas do Egito, vos libertarei da sua escravidão e vos resgatarei com braço forte e com poderosos atos de juízo. Eu vos tomarei por meu povo, e Eu serei o vosso Deus. Então vós aprendereis que Eu Sou *Yahweh*, o vosso Deus, que vos faz sair de sob as cargas pesadas e injustas do Egito. Depois Eu vos farei entrar na terra que, com a mão levantada, jurei que daria a Abraão, a Isaque e a Jacó. Eu vo-la darei como possessão: Eu Sou *Yahweh*!" Moisés anunciou exatamente isso aos filhos de Israel.
Êxodo 6:6-9a (Bíblia KJA)

IV – **A Fé extraordinária que vibra dentro do profeta**. A voz de Deus é poderosa na vida do profeta. É Tão poderosa que ele profetiza crendo. Ele acredita no invisível, crê no impossível. Muito parecida com a fé do Apóstolo, a diferença é que a fé do profeta está intimamente ligada com a palavra liberada. Ele sabe que vai acontecer. Ele tem consciência do poder da palavra. Elias quando profetizou que os céus fechassem, simplesmente virou as costas e foi para casa, pois sabia o poder da palavra.

Eliáhu, Elias, o tesbita, que habitava em Gileade, declarou a _Ahav_, Acabe: "Tão certo como vive _Yahweh_, o SENHOR Deus de Israel, a quem sirvo, juro em Nome do Eterno que, não cairá orvalho nem chuva nos anos que se seguirão, exceto mediante a minha palavra!"
I Reis 17:1 (Bíblia KJA)

Eliseu fez mesma a coisa quando Naamã foi até ele. Mandou seu servo dizer para Naamã o que ele deveria fazer, nem o recebeu. Pode parecer até meio grosseiro da parte do profeta ter agido assim, até certa petulância, mas não é. A verdade é que o profeta estava carregado de tanta fé que esta vibra dentro dele.

Naamã foi com seus cavalos e com seu carro e parou na entrada da casa de Eliseu. Então este mandou um mensageiro dizer-lhe: "Vai lavar-

te sete vezes no Jordão e tua carne te será restituída e ficará limpa!"

II Reis 5.9-10 (Bíblia KJA)

Jesus fazia isso também como profeta. Ele liberava a palavra e ela se cumpria, pois ele, mais do que ninguém, sabia do poder que tem a palavra. Podemos verificar isso na passagem que fala do Cinturião que foi até Ele:

Entrando Jesus em Cafarnaum, dirigiu-se a ele um centurião, suplicando: "Senhor, meu servo está em casa, paralítico e sofrendo horrível tormento". Então, Jesus lhe disse: "Eu irei curá-lo". Ao que respondeu o centurião: "Senhor, não sou digno de receber-te sob o meu teto. Mas dize apenas uma palavra, e o meu servo será curado. Porque eu também sou homem debaixo de autoridade e tenho soldados às minhas ordens. Digo a um: Vai, e ele vai; e a outro: Vem, e ele vem. Ordeno a meu servo: Faze isto, e ele o faz". Ao ouvir isto, Jesus maravilhou-se, e disse aos que o seguiam: "Com toda a certeza vos afirmo que nem mesmo em Israel encontrei alguém com tão

grande fé. Digo-vos que muitos virão do Oriente e do Ocidente e tomarão lugares à mesa com Abraão, Isaque e Jacó no Reino dos céus. Entretanto, os herdeiros do Reino serão lançados para fora, nas trevas, onde haverá choro e ranger de dentes". Então disse Jesus ao centurião: "Vai-te, e da maneira como creste, assim te sucederá!" E naquela mesma hora o servo foi curado.

Mateus 8: 5-13 (Bíblia KJA)

V - Todo profeta de Deus tem ousadia e faz atos que chamados de decretos proféticos. Ao fazer isso ele sabe que tais atos e decretos tem um peso muito grande no mundo espiritual. Que aquela palavra vai longe, abrindo caminhos e céus e também fecha céus. Por isso que NÃO aceitar a palavra de um profeta é algo muito perigoso.

VI- Todo o profeta é um homem visionário e vê antes de acontecer e por isso muitas vezes não é bem aceito pelas pessoas. Além disso, ele sempre tem que falar a VERDADE, já que um profeta não pode falar mentiras. É por isso ele não afaga a alma, o coração de ninguém. Faz isso mesmo que falar exatamente a verdade em relação ao que está acontecendo ou se desenhando não seja fácil, nem de liberar, nem de receber.

Hoje eu entendo uma coisa e os profetas precisam entender isso, bem como as pessoas que tem um chamado profético: **Toda a pessoa que tem um chamado profético tem um zelo incomum pelas coisas de Deus**. Ela tem um temor incomum. Ela não consegue fazer algumas coisas, por causa do chamado profético dela. Na Bíblia, a história de Jonas é prova disso:

A Palavra de *Yahweh* veio a *Yonáh ben'Amittay*, Jonas filho de Amitai, com esta ordem: "Dispõe-te e vai à grande cidade de *Niynveh*, Nínive, quer dizer, Morada de Ninus, e prega contra ela, porque a sua malignidade subiu até a minha presença!" Entretanto, Jonas decidiu fugir da presença de *Yahweh*, o SENHOR, e partiu na direção de *Tarshish*, Társis, isto é, Jaspe Amarelo [...] tentando escapar da presença de *Yahweh*. Contudo, *Yahweh*, fez soprar um forte vento sobre o mar, e caiu uma tempestade tão devastadora que o barco ameaçava arrebentar-se. Então os marinheiros chegaram a uma conclusão entre si: "Vinde e lancemos

sortes, para saber quem é o responsável por essa desgraça que se abateu sobre nós!" E, de fato, jogaram as sortes, e a sorte caiu sobre Jonas. [...] Então aqueles homens ficaram horrorizados e lhe repreenderam: "Que é isso que fizeste?" [...]" O que devemos fazer contigo, a fim de acalmar este mar?" Diante do que Jonas lhes aconselhou: "Pegai-me e lançai-me ao mar, e ele haverá de se aquietar; pois sei que esta violenta tempestade caiu sobre vós por minha causa. [...] Então agarraram Jonas e o lançaram ao mar enfurecido; e logo este se acalmou. Entrementes, *Yahweh*, o SENHOR, fez com que um grande peixe engolisse Jonas, e ele ficou dentro desse peixe durante três dias e três noites.

Jonas 1: 1-17 (Bíblia KJA)

Então, dentro do ventre do peixe, Jonas orou a *Yahweh*, o seu *Elohim*, Deus. E disse: "Em meu desespero clamei a *Yahweh*, e ele me respondeu! Do ventre do *Sheol*, da morte, gritei por livramento, e tu, ó SENHOR, ouviste o meu clamor. Então pensei: Fui expulso da tua presença; poderei contemplar o teu santo Templo uma vez mais.

Eis que quando minha vida já se ia apagando, eu me lembrei de ti, *Yahweh*, e a minha oração subiu à tua presença, ao teu santo Templo. Eu, porém, te oferecerei sacrifícios com voz de ação de graças. O que prometi cumprirei fielmente! Sim, eis que *yeshû'âh*, a salvação, vem do SENHOR *Yahweh*.'' E *Yahweh*deu ordem ao peixe, e este vomitou Jonas na praia.

Jonas 2: 1-10 (Bíblia KJA)

Nas passagens transcritas acima, Deus fala para Jonas entregar uma palavra para Nínive e este desobedeceu completamente, mas ele não ignorou a voz de Deus, sabia da voz, e quando foi ao mar e houve aquela revolta do mar, os marinheiros ficaram sem saber o que estava acontecendo. Jogaram as sortes, a sorte caiu sobre Jonas e ele explicou o que havia acontecido, foi jogado ao mar e lá no ventre do grande peixe Jonas se arrependeu e decidiu entregar a palavra de Deus.

Ou seja, todo o profeta de Deus tem um grande TEMOR. Ele pode até por um tempo desprezar a palavra que Deus falou com ele, mas ele não vai conseguir por muito tempo, como Jonas também não conseguiu. Uma hora ele vai ter que ir e entregar a palavra, vai acabar fazendo o que a voz de Deus está mandando ele fazer. Só que Deus não obriga, o profeta tem liberdade, mas inevitavelmente, de alguma forma, Deus vai cobrar dele a sua desobediência.

Profetizo que Deus irá livrar você da fornalha ou torná-lo à prova de fogo.

10- Palavras de Sabedoria para Profetas

Palavra de Sabedoria: **Seja você mesmo**. Em todo ministério, há o perigo de querermos nos comportar de modo igual a alguém que tenha unção, sucesso, e que tenha grande aceitação. Em razão de rejeições que tiveram no passado, ou de inseguranças ainda presentes, muitos dos que têm o dom de profecia são particularmente propensos a imitar alguém na forma de ministrar. Não caia nesse erro. Seja autêntico.

Palavra de Advertência: **Em parte conhecemos, em parte profetizamos**. As Escrituras dizem que em parte conhecemos, e em parte profetizamos:

Porquanto em parte conhecemos e em parte profetizamos.

I Coríntios 13:9 (Bíblia KJA)

É imperativo que não apenas entendamos que podemos errar, mas que também saibamos que poucas vezes estamos totalmente corretos. Mesmo assim, ao nos movermos no profético a tendência é chegarmos à exatidão. Deus é exato. De dez palavras liberadas precisamos chegar a 9,9 de precisão. Porque se acertamos 5 e erramos 5 não será profecia, será chute. Nosso Deus é PRECISO, não se engana e não deixa nada pela metade. Ela não diz A sem chegar Z. Tudo Ele faz perfeito, do início ao fim. Temos q eu ser responsáveis com o Dom que Deus nos deu.

Palavra de sabedoria: **Com frequência Deus fala de diversos modos ao mesmo tempo**.

Palavra de Advertência: **O espírito do profeta está sujeito ao profeta**. É muito difícil Deus interromper uma reunião para que uma profecia seja dada. O nosso espírito, onde reside a força motivadora da nossa vida, está sujeito a nós:

O espírito dos profetas está sujeito ao controle dos próprios profetas.

I Coríntios 14:32 (Bíblia KJA)

Palavra de Sabedoria: **Pratique a palavra de conhecimento**. Geralmente, quando estamos começando a ministrar profeticamente, cometemos alguns erros de interpretação. Por isso é necessário colocar o dom em prática.

Palavra de Advertência: **Não profetize além da sua fé**. Muitas pessoas tem uma inclinação tão forte para atuar nos altos níveis da palavra de conhecimento, que isso lhe traz problemas que poderiam ser evitados.

Palavra de Sabedoria: **Avance além da zona confortável**. Além de não desprezarmos os nossos primeiros passos, com poucas revelações, temos de querer receber mais do Senhor e ter ainda condições de interpretar mais acuradamente. Geralmente Deus nos atenderá no nível em que esteja o nosso querer.

Palavra de Advertência: **Não queira controlar ninguém com uma revelação profética ou com a sua reputação.** A manipulação de pessoas é algo maligno. Não faça isso.

Palavra de Sabedoria: **Honre a Palavra Escrita**. A Bíblia é uma maravilhosa dádiva de Deus. Quando guardamos a Palavra em nosso coração, crescemos espiritualmente em tudo, não apenas no ministério profético.

Palavra de Advertência: **Obedeça a seu pastor**. O seu pastor geralmente não verá o que você vê profeticamente. Lembre-se, ele é um pastor, e não um ministro que atua na profecia. Honre o seu pastor, mesmo que eventualmente ele não entenda a sua revelação.

Palavra de Sabedoria: **Busque a confirmação do Senhor**. Muitas vezes, quando estamos indo atrás de uma interpretação, temos que buscar a confirmação de Deus da mesma forma como estamos buscando ter entendimento. Com frequuência, quando acontece de termos perdido o curso correto em nossa busca de uma interpretação, sentimos uma confusão em nossa alma. Este é o modo de Deus nos dizer: "Não é por aqui". Deus nos fala com as revelações que recebemos e também com a ausência de revelações.

Palavra de Advertência: **Sirva com o seu dom, mas não queira impor nada nem exercer autoridade sobre ninguém**. É importante avançarmos em nosso ministério e servirmos a outras pessoas com a revelação que Deus nos dê.

Entretanto, querer dirigir as pessoas com o nosso dom profético, isso é algo bem diferente. O nosso desejo deve ser o de nunca atrairmos ninguém a NOSSA influência através de revelações ou profecias.

A autoridade espiritual nos é dada dentro do tempo de Deus. Não devemos querer nos elevar a posições de autoridade. Pelo contrário, devemos querer estar na situação de servos e dar de nós mesmos para servirmos às pessoas. Quando tivermos aprendido que servimos a Deus quando servimos às pessoas, então teremos aprendido o que é ser um líder.

Palavra de Sabedoria: **Tenha pessoas maduras no dom profético para discipulá-las**. Podemos aprender as lições que outras pessoas aprenderam durante toda a sua vida, se procurarmos a sua amizade e a sua sabedoria. Elas poderão contribuir para que você deixe de cometer os erros que elas mesmas cometeram.

Palavra de advertência: **Profetize o que o Senhor lhe mostrou, e nada mais**. Muitos dos que têm o dom de profecia encontram dificuldade para começar e para parar, junto com o Senhor. Eis aqui uma regra prática: Quando o Senhor lhe mostra alguma coisa, diga à pessoa. Quando ele para de lhe trazer revelações, pare de falar. Seja sensato. *É sábio aquele cujas palavras proféticas são concisas.*

Quando se fala demais é certo que o pecado está presente, mas quem sabe controlar a língua é prudente.
Provérbios 10:19 (Bíblia - KJA)

Palavra de Sabedoria: **Sorria ao profetizar**. Muitas vezes as pessoas prestam mais atenção à nossa face do que ao que estamos dizendo.

Palavra de Advertência: **Não queira ser o Espírito Santo para ninguém**. A profecia, de um modo geral, tem por finalidade *edificar, encorajar e confortar*, não para repreender e disciplinar.

Entretanto, quem profetiza o faz claramente para edificação, encorajamento e consolação de todas as pessoas.
I Coríntios 14:3 (Bíblia - KJA)

Palavra de Sabedoria: **Peça permissão antes de impor as mãos sobre alguém**. Deus não nos deu o direito de impor as mãos sobre qualquer pessoa, e devemos pedir-lhe permissão, antes de fazer isso.

Palavra de Advertência: **Cure as suas feridas**; o seu "discernimento" na verdade poderá ser decorrente do medo e da desconfiança. Temos que nos libertar das feridas e da rejeição do passado, e agora é o tempo certo para isso. *Quando estamos com feridas, reagiremos em nossa alma e erraremos na interpretação do que sentimos de Deus*. Muitos são os que recebem palavras negativas sobre a liderança de sua igreja devido a antigas feridas de outros líderes.

Porém, a sabedoria que vem do alto é antes de tudo pura, repleta de misericórdia e de bons frutos, imparcial e sem hipocrisia.
Tiago 3:17 (Bíblia KJA)

Se temos feridas em nossa alma, o nosso discernimento é suspeito. *Temos de ser curados do passado para vermos profeticamente, o futuro, de modo correto.*

Palavra de Sabedoria: **Afaste-se quando você estiver irado**. Por ter dado a entender que Deus estava irado, quando ele não estava, foi o que desqualificou Moisés de liderar Israel *até a Terra Prometida:*

Contudo, disse Yahweh a Moisés e Arão: "Visto que não confiastes suficientemente na minha pessoa, de modo a honrar a minha santidade e Palavra à vista dos filhos de Israel, não fareis entrar esta comunidade na terra que lhe dei!"
Números 20:12 (Bíblia KJA)

Quando ficamos cansados, ou quando somos provocados, o que temos de fazer é manter a nossa **boca fechada**. Moisés foi provocado em seu espírito e falou inadvertidamente com ira:

Porquanto, sendo rebeldes contra o Espírito de Deus, induziram Moisés a falar sem refletir.
Salmo 106:33 (Bíblia KJA)

É melhor pedirmos licença e nos retirarmos quando nos sentimos irados e frustrados. Se profetizarmos com ira, vamos amaldiçoar em vez de abençoar as pessoas, e estaremos trazendo juízo sobre nós.

Palavra de Advertência: **Não profetize revelações "do segundo céu"**. Muitas vezes na revelação profética recebemos uma visão ou um sonho em que vemos alguém em pecado, mas isso não pode ser trazido à tona de forma pública ou acusadora.

11 - Começando a profetizar

Os conhecimentos ocultos pertencem a Yahweh nosso Deus: o saber revelado, entretanto, pertence a nós e a nossos filhos, para sempre, a fim de que vivamos na prática de todas as Palavras desta Torá, Lei!

Deuteronômio 29:29 (Bíblia KJA)

Quando nós começamos a profetizar precisamos estar cientes e preparados para algumas coisas, bem como conscientes de que:

1º **Erros acontecerão** - Quando se começa a ministrar com profecias, erros são cometidos. Isso se dá com praticamente todos. Ninguém amadurecerá no ministério profético se não tiver uma ampla oportunidade de testar suas asas, livre de qualquer receio de sofrer um severo julgamento por erros decorrentes da imaturidade.

2º Não podemos ser confundidos pelos e com os nossos próprios pensamentos, emoções ou opiniões. Tenhamos cuidado de profetizar somente o que Deus efetivamente lhe mostrar ou falar. Certifiquemo-nos de que provêm de Deus

3º É necessário observar o nosso nível de autoridade - Muitos problemas que surgem em um ministério profético podem ser eliminados pelo entendimento do plano de Deus com respeito à autoridade na Igreja. Um ponto acerca do qual os pastores e líderes da igreja tem que tomar cuidado é a tendência de algumas pessoas, que atuam na profecia, profetizarem além do limite da sua esfera de autoridade. Paulo toca neste ponto ao defender o seu apostolado aos Coríntios, em sua segunda carta para eles.

Nós, porém, não nos gloriaremos sem medida, mas respeitamos o limite da esfera de ação que Deus nos demarcou e que se estende até vós.
II Coríntios 10:13 (Bíblia KJA)

Orientações importantes:

1) Não é da competência do Profeta consagrar homens ao ministério.

2) Tenha cuidado em relação ao **tempo** do chamado. Há um tempo para pessoa tornar-se o que foi profetizado.

3) Vá somente até onde o Senhor te mostrou. Observe o seu nível de compreensão.

4) Verifique seu Nível de Fé - Um outro parâmetro que temos que levar em conta quando profetizamos é não ir além do nosso nível de fé. Paulo nos exorta nesse sentido em sua espístola aos cristãos de Roma:

Temos diferentes dons, de acordo com a graça que nos foi dada. Se alguém tem o dom de profetizar, use-o na proporção da sua fé.

Romanos. 12:6 (Bíblia KJA)

5) Sejamos abrandados pelo amor - Estamos falando a filhos. Lembremo-nos:

Mesmo que eu possua o dom de profecia e conheça todos os mistérios e toda a ciência, e ainda tenha uma fé capaz de mover montanhas, se não tiver amor, nada serei.
I Coríntios 13:2 (Bíblia KJA)

6) Dê esperança - No final da passagem sobre o amor em 1 Coríntios 13, Paulo afirma que há três virtudes que são eternas: **a fé, a esperança e o amor:**

Sendo assim, permanecem até o momento estes três: a fé, a esperança e o amor.
Contudo, o maior deles é o amor!
I Coríntios 13:13 (Bíblia KJA)

Se desejarmos que o nosso ministério ao corpo de Cristo seja eterno em natureza, ele tem que conter estas três qualidades. Toda palavra profética que entregamos não apenas deve ser dada com fé, e motivada pelo amor, *mas tem que dar esperança*.

Porquanto não tenho nenhum prazer na morte de quem quer que seja, afirma Yahweh, o SENHOR Deus. Convertei-vos, pois, e vivei!
Ezequiel 18:32 (Bíblia KJA)

7) Ministre em humildade - Por fim, também temos de ministrar profeticamente com uma postura de humildade. Você não é a primeira pessoa a atuar profeticamente.

Eis o meu Servo a quem sustenho, o meu eleito, em quem tenho toda a alegria. Tenho nele o meu Espírito e ele fará justiça às nações! Não usará de gritos, nem clamará ou levantará a voz pelas ruas. Não quebrará o caniço rachado e não apagará o pavio que esfumaça. Em verdade e fidelidade implementará a justiça.
Isaías 42:1-3 (Bíblia KJA)

Não quebrar o caniço rachado significa não sermos rudes com aqueles cuja vida foi arruinada no passado. É verdade que Deus sussurra e inspira os seus profetas, mas todo profeta deve ter a humildade de ter a sua palavra julgada por duas ou

mais testemunhas, é como se fosse o cartório de
Deus na terra:

**Esta será a terceira vez que vou visitar-vos.
Sendo assim, "Toda questão precisa ser
confirmada pelo depoimento de duas ou três
testemunhas".**

II Coríntios 13:1 **(Bíblia KJA)**

Epílogo

Falamos muito sobre o profético nesse livro, e você pode pensar que já tem muito estudo sobre esse assunto, mas mesmo que você se espelhe nos maiores profetas que têm sido levantados nos nossos dias, você pode ter certeza que há muito ainda a ser desenrolado no âmbito profético.

Tudo o que já foi escrito sobre o profético, tudo o que foi falado sobre profecia não passa de um por cento do que pode ser conhecido. Isto é, esse tema está muito longe se ser esgotado.

O que você acabou de ler é só o começo, tem muito mais para ser explorado no campo profético e nós queremos continuar buscando desvendar esses mistérios de Deus.

Este é o primeiro livro de muitos que virão para cumprir o propósito do Deus altíssimo.

Profeta Vinícius Iracet